W0204367

NEJAT İŞLER

GERÇEK HESAP BU!

© 2016, Can Sanat Yayınları A.Ş.
Tüm hakları saklıdır. Tanıtım için yapılacak kısa alıntılar dışında yayıncının yazılı izni olmaksızın hiçbir yolla çoğaltılamaz.

1. basım: Mayıs 2016, İstanbul
Bu kitabın 1. baskısı 100 000 adet yapılmıştır.

Bu kitabın tüm telif geliri, Nejat İşler tarafından Gümüşlükspor'un geliştirilmesi için kullanılacaktır.

Editör: Emre Taylan - Önder Abay

Düzelti: Ebru Aydın
Mizanpaj: Bahar Kuru Yerek

Kapak tasarımı: Utku Lomlu / Lom Creative (www.lom.com.tr)
Kapak fotoğrafı: Muhsin Akgün

Kapak baskı: Azra Matbaası
Litros Yolu 2. Matbaacılar Sitesi D Blok 3. Kat No: 3-2
Topkapı-Zeytinburnu, İstanbul
Sertifika No: 27857

İç baskı ve cilt: Yıldız Matbaa Mücellit
Davutpaşa Cad. Emintaş Kazım Dinçol San. Sit. No: 81/25-26
Topkapı-İstanbul
Sertifika No: 33837

ISBN 978-975-07-3193-8

CAN SANAT YAYINLARI
YAPIM VE DAĞITIM TİCARET VE SANAYİ A.Ş.
Hayriye Caddesi No: 2, 34430 Galatasaray, İstanbul
Telefon: (0212) 252 56 75 / 252 59 88 / 252 59 89 Faks: (0212) 252 72 33
canyayinlari.com
yayinevi@canyayinlari.com
Sertifika No: 31730

NEJAT İŞLER

GERÇEK HESAP BU!

ANLATI

can

NEJAT İŞLER, 29 Şubat 1972'de İstanbul Eyüp'te doğdu. Sırasıyla, Eyüp Ebussuud Efendi İlkokulu'nu, Cağaloğlu Anadolu Lisesi'ni, Mimar Sinan Güzel Sanatlar Üniversitesi Devlet Konservatuvarı Sahne Sanatları Bölümü Tiyatro Ana Sanat Dalı'nı bitirdi. Eğitimine devam ederken dizilerde oynamaya başladı. İstanbul Devlet Tiyatrosu'nda çalıştı. Aynı zamanda Teşvikiye'deki Tezgah'ı açmaya devam etti. Arkadaşlarıyla beraber, Kahramanlar ve Soytarılar adlı bir tiyatro grubu kurdu. 2002'de, ilk başrolünü oynadı ve "meşhurlar dünyası"na girdi. Pasaportundaki meslek bölümünde "aktör" yazıyor. Bodrum Deneme Sahnesi adlı tiyatro grubunun kurucularından. Şu anda Gümüşlükspor Kulübü'nün başkanı. İstanbul ve Gümüşlük'te Tezgah'ları var. Her şeyin başladığı yer olan Teşvikiye'ye de dönme planları...

İçindekiler

Başlarken 11
İsmin Hikâyesi 15
Dedemin Ramazanı 19
Bazı Erkekleri Anlama Kılavuzu 23
Devlet! Babam Geldi... 33
Kuşpalazı 41
"İşçisin Sen İşçi Kal" 45
Okulun Bitiş Zili Çalıyor 49
"Evladıma Miras Bu Sevda" 53
Amatör Güzeldir 57
Doktor 61
Akusta 71
Askerlik 81
Bir Otostop Hikâyesi: "Thelma ve Louise" 85
Erken Dönem İş Hayatı Denemeleri 93
Tezgah Anıları: Haydar Dümen 103
Tezgah Anıları: Cinayet Mahalli 109
Tezgah Anıları: Fotoğraf 113
Korsan 117
Tezgah Yanıyor 121

Neden Gümüşlük? 125
Neden Oyunculuk? 135
Savaş Abi 143
Zamansız 149
Kangal 153
Barda 159
Behzat Ç.: Bir Ankara Tesadüfü 165
Kaybedenler Kulübü 173
Derin Uyku 179

BAŞLARKEN

Telefonu kapattım. Hemen sigara yaktım. Derin bir nefes aldıktan sonra, rakımdan bir yudum çektim. Sevgilim Rus salatası yapmıştı, bir çatal da ona bandırdım. Hayatın acayip şeylere gebe olduğunu yakından deneyimlemiş bir herifim. Biraz önce telefondaki ses, hiç aklımdan geçmeyen bir fikir verdi bana. "Yaz," dedi, "basalım," dedi. Kontrat yaptım hemen, "Telifi Gümüşlükspor'a gider," dedim. "Hay hay," dedi. Futbol sevdalısı olduğu için telifi de bolca tuttu. Dergilere yazdıklarım ilham vermiş. Bunların üstüne, aforizma tarihindeki bütün laflar bana mal edilince, geçer akçe bir lavuk olmuşum. Rakının teri bitmeden kararımı verdim. Aradım, "Konuşalım," dedim. Atladılar geldiler köye. Mevcutlu mülakat istemiştim, Çarşı'nın *Bavul*'u yanlarında. Bırak birlikte gözüm kapalı kavgaya girmeyi, yan yanayken aldığım nefesi bile kutladığım Önder Abay ve Süpermen Zihni rehberlik yapacaklar bana. "Krem dö la krem..."

Maç seyrettik, içki içtik, muhabbet ettik. Can Öz, Yeniçarşı'dan komşum zaten. Emre desen, en sevdiğim adam modeli. Çocuk bakışları hızlıca anlaşmamızı sağlıyor. Bir de o kadar uğraşmışım *storyteller* olmak için. Tencere kapağız, yemeğin kokusu şimdiden nefis. Üstüne bir de şampiyon olduk mu! Kıllanıyorum artık, her şey bu kadar kıyak gidemez diye...

Eğitimini almadığım hiçbir şeyde iddiam yok. En güzel yazarlık mesleği tarifini Çetin Altan'dan duymuştum: "Birini, boş kâğıtlar ve sivriltilmiş kalemlerle bir odaya koyun, eğer oradan karnını doyuracak malzemeyle çıkarsa, işte yazar odur."

Allah'a şükür, sıtkı sadakatle uğraştığım bir mesleğim var. Yazarlık benim için yan bir uğraş. Çok da uzak değil ama. Okumaya da, yazmaya da beş yaşımda başladım. Yazdığım ve sahnelenen üç oyunum var. Senaryolarım var sırada. Bir de manitalara iyi yazarım...

Eğer, bu kitap harbiden basılırsa, ilk yazdığım yazı bu, bilin. Kahramanları uydurma olan gerçek hikâyeler anlatacağım. Umarım her okuyana ilham verir, okuyan kalem tutmaya başlar ve umarım bana olduğu gibi şahane dostlarla buluşur...

Allah zihin açıklığı versin...

İSMİN HİKÂYESİ

Adım Nejat, soyadım İşler. Yıllardır makara malzemesi olan, Steve Jobs'la akrabalığa kadar giden soyadımın hikâyesi çok basit aslında. Rahmetli dedem ayakkabı sayacısıydı çünkü. İnebolu'da öğrendiği mesleğini, İstanbul Feshane Fabrikası'nda devam ettirmişti. Soyadı Kanunu'yla beraber, bu mütevazı ismi almıştı ailesi için. Yıllar sonra da yanında çalışan kalfasının kızını alacaktı babama...

Benden üç yıl önce ablamı dünyaya getiren annem, 365 adet olan sene günlerini beğenmemiş olacak ki, artık saatlerden oluşan ve dört yılda bir denk gelen 29 Şubat akşamı, Eyüp Devlet Hastanesi'nde beni doğurmuş. Annem ve babam, ben doğmadan evvel, ismimin "Nejat" olması konusunda anlaşmış. En sevdikleri film olan *Samanyolu*'nun baş erkek karakteri. Fakat dedem, herkesi atlatıp soluğu Nüfus Müdürlüğü'nde almış ve adımı "Necat" olarak kaydettirmiş. Kandillerde ve özel günlerde okunan mevlidin adı olduğu için...

Efendim, mevlid, 1409 senesinde, Süleyman Çelebi tarafından, Hazreti Muhammed'in ululuğunu anlatmak amacıyla yazılmıştır. İsmi, "vesiletü'n necat"tır. Yani "kurtuluş vesilesiyle". Çok iyi bir dindar, üstelik bir işçi semtinde az rastlanan bir konum olan "hacı" mertebesine sahip Hacı Ahmed'in bu davranışına, kimsenin gıkı çıkmamış tabii. Ben de dedeme olan hürmetimden, o bir harfi değiştirmeyi hiç düşünmedim. Annemle babamı, resmî olmayan durumlarda "Nejat" ismini kullanarak teselli ettim. "Necat", Arapça kurtuluş, Farsça aslı "nijad" olan "Nejat" ise soylu anlamına gelir ve "nijad", Ortadoğu coğrafyasında, genellikle kız çocuklarına verilen bir isimdir.

Böyle işte... Çocuklarınıza isim verirken dikkatli olunuz. Zira isim, biri seslendiğinde dönmenize yarayan bir sedadan başka bir şey değildir...

"Kimlikler üzerinden var edilmeye çalışılan her şey kısa ömürlü olmaya mahkûm. Bu genelleme de dahil."

DEDEMİN RAMAZANI

"Kalk hadi, İstanbul'a gidiyoruz."

Dedem, Suriçi'ne İstanbul derdi. 11 ayın sultanı geliyor demek. En sevdiğim ritüellerin başlama cümlesi söylendi. Hemen yataktan fırlıyorum, beş dakikada, kapının önünde bekleyen dedemin yanındayım. Dedem tertemiz giyinmiş, hacı misini sürmüş, sakallarını taramış. Mahallenin içinden "selamünaleyküm, aleykümselam"lar eşliğinde ilerleyip otobüs durağına varıyoruz. 99 numaralı Eyüp-Eminönü otobüsü bizi İstanbul'a götürecek.

Mısır Çarşısı'na geldik. Önce Kurukahveci'de sıraya giriyoruz. 100 gramlık has kahve paketi alacağız. Sıra uzun. Dedem, birkaç gün önce benzer bir sıraya girip aldığı emekli maaşının durduğu güzel cüzdanından, 100 gramlık kahve paketine yetecek kadarını bana veriyor.

"Oğlum, ben Malatya Pazarı'na gidiyorum, sen kahveyi al, Mısır Çarşısı kapısında buluşalım."

Küçüğüm, bana sorumluluk verilmesi çok hoşuma gidiyor. Adam hissediyorum kendimi. Buluşuyoruz. En güzelinden peynir, zeytin alıyoruz. Ben dedemin elin-

deki paketi merak ediyorum. Zira içinde Malatya Pazarı'ndan aldığı kuruyemişler var. Bakışımı fark ediyor, "Merak etme, hurma da aldım, lokum da..."

Ramazan geldi. İftar sofrası şahane. Güzel annem bir yandan, rekabet hissiyle babaannem bir yandan, sofra uçuyor. Hedefim iftar değil, sahur. Çünkü sabaha karşı TRT'de yayınlanan Muhammed Ali maçları kadar seviyorum sahurları.

Ablam uyandırıyor beni güzel rüyamdan: "Kalk, sahur vakti..." Mutfaktan mükemmel kokular geliyor. Herkes uykulu, yalnız heyecanlı da. Evin kadınları, hayatımın şiarı olan emekçiliğin gururuyla hazırladıkları sofranın eksiklerine koşturuyorlar. Ve her şeyin hazır olduğuna inandıkları zaman, dedem mânileri patlatıyor:

Eyüp Sultan'dan aşağı,
Çocuklarınız pek haşarı,
Bir taş attılar kafama,
Gözlerim fırladı dışarı.

Gülmekten ölüyoruz. Bir yandan da yumuluyoruz yemeklere. O kadar güzel ki her şey, yıllar sonra, geceleri yemek yiyip uyuduğum için reflü oluyorum.

Yeni Camii direk ister,
Söylemeye yürek ister,
Benim karnım toktur ama,
Arkadaşım börek ister.

İnanç, enteresan bir şey. Ben dedemin mânilerine inandım hep, *money*'lerine değil. Adresini bulmuştur herhalde.

BAZI ERKEKLERİ ANLAMA KILAVUZU

Neredeyse her gün kavga ediyorum annemle. Bir geliyorum okuldan, yine aynı manzara: bahçenin ortasında, alt bağlamaya yarayan bezler, bir gece öncenin suç delilleri olan çarşaf ve yorgan ve benim kırılan erkeklik gururum asılı. Komşu kızı yan bahçeden pis pis gülerek bakıyor bana. Mahalleliler, kurban bayramlarında kestikleri koyunların taşaklarını bizim eve getiriyor, altına işeyene iyi gelir diye. Allahtan etrafta bu konuda sabıkası olan bir tek ben değilim. "Sidikliler Kurtuluş Örgütü" olarak gerçekleştirdiğimiz psikolojik harp neticesinde, hiçbirimiz "sidikli" lakabıyla anılmıyoruz...

Sünnet çağı geliyor sonra. "Erkek" olacakmışız, öyle diyorlar. Anlamıyorum vaziyeti... "Ulan pipimiz var işte, yetmiyor mu erkek olmaya," diye düşünüyorum. Yok, yetmezmiş, ucundan azıcık kestirmek lazımmış. Yahu, siz değil misiniz kahvede, mahallede, maçlarda eliniz kolunuzla pipinizin boyutunu gösterip ona buna gider yapan? Bizimki niye kesiliyor, niye ufak kalsın istiyorsunuz? Ayrıca bir sıkıntım, bir ağrım, bir yaram yok ki olay mahallinde... Neden ameliyat, neden

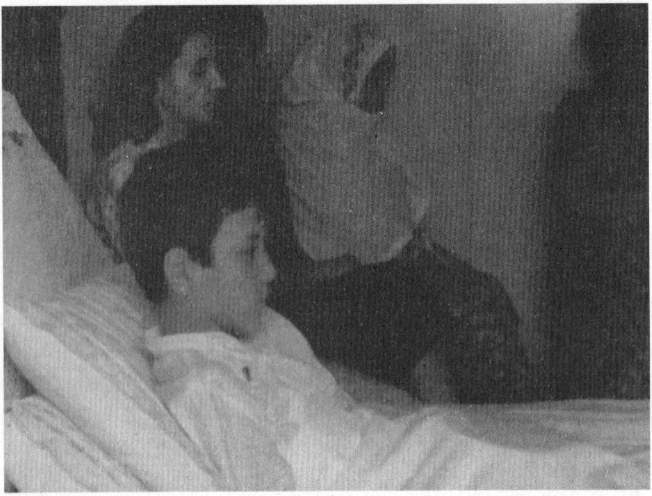

–hem de evin salonundaki– yemek masasının üzerinde, neden bütün mahalle olayı seyrediyor getirilen salavatlar eşliğinde ve –en korkuncu– neden o garip kostümle dolaşıyorum sokaklarda?

Yaz bitiyor, okul açılıyor. Ama ne açılmak! Yazın, ailelerimiz bize "erkek" olalım diye uzuv küçültme ameliyatları, soytarı gibi dolaştırıp itibarsızlaştırma operasyonlarını reva görüp üstelik bunları "vur patlasın, çal oynasın" şeklinde yaparken, kızları nerede tutmuşlar, ne yedirmiş, ne içirmişlerse, karşımızda "kadınlar" var. Biz, yanlış budanmış bir ağaç gibi güdük kalırken, kızlar aşılanmış gül ağaçları gibi serpilmişler. Boylar atmış, memeler ve kalçalar önlükleri zorluyor. En önemlisi, burunlar büyümüş. Hiçbiri suratımıza bakmıyor. Kadınların dünyanın en eski gizli örgütü olduğunu o zaman anlıyorum. Biz teneffüslerde top peşinde koştururken, onlar okul bahçesinin çeşitli köşelerinde buluşup fısıldaşıyor. Hiyerarşi bile var aralarında. Okulun açık ara en güzel kızları: Filiz, Aslı, Özlem ve Sinem. Bize köpek çekmeleri yetmezmiş gibi, kendi gruplarındaki bazı kızları köle gibi kullanıyorlar.

Anadolu lisesi sınavlarına girdim ve yeni açılan bir okulu kazandım. Havam bin beş yüzdü mahallede çünkü Anadolu lisesini tek kazanan bendim. Artık semtten çıkıyor ve kendi başıma, İstanbul'un sihrine bırakıyordum kendimi. Başta rüya gibi görünen bu durum, bir süre sonra kâbusa dönüverdi. Birincisi, okulu köklü bir kız lisesinin içine kurmuşlardı, ortalıkta yüzlerce kız dolaşıyor ve biz 60 "hobbit" ağzımız açık onlara bakıyorduk. İkincisi, sınıf çatışmasının ne olduğuyla karşılaşmıştım. İstanbul'un bilmediğim varsıl semtlerinden servislerle gelen yüzlerce insanla ilk defa karşılaşıyordum. Ataköy grubu, Etiler grubu, Bağdat Caddesi grubu... Uzaylı gibiydi benim için. Defalarca yalvardım bizimkilere, beni semtteki okula verin diye. İyi ki dinlememişler. Zaten bir süre sonra alıştım ve karıştım aralarına.

Yerli-yabancı öğretmenlerden çok şey öğrendiğim gibi, bu kozmopolit öğrenci grubundan da çok şey öğrendim. Mesela, benim cinsel birikimim, televizyondaki artistik buz pateni yarışmaları, erotik mizah dergisi *Salata, Fırt* dergisindeki "yavrunuzun sayfası" ve Türk James Bond'u Yüzbaşı Volkan'ın bazı maceralarından ibaretti. Almanya'dan gelen "Miki" filmlerini niye büyükler izler anlamazdım. Arkadaşlarım sağ olsun, eriştikleri bilgi ve dokümanları benimle paylaşıyorlar, ben de ergenliğe doğru hızlı adımlarla ilerliyordum. Nihayet bir gece "rüyalandım". Hemen banyoya gidip toparlandım, babamın tıraş bıçağıyla suratımdaki "tüy"leri kestim ve ertesi gün çeteyle beraber okulu kırıp İstanbul'un çeşitli semtlerindeki erotik film oynatan sinemaları gezmeye başladım. Aileleri "kesin dönüş" yapan "Almancı" öğrencilerin de aramıza katılmasıyla çetenin teorik ve pratik zenginliği de arttı. Bütün bu atölye çalışması, bir sonraki aşama olan "manitacılık" devrinin habercisiydi...

Bir sabah, annemin, "Âşık mısın oğlum sen?" sorusuyla uyandım kahvaltı masasında. Afalladım. Cevabını bilmediğim bir soruyla karşılaşmıştım. Güzel annem yardımcı olmak için, hastalığın bendeki semptomlarını sıraladı:

"Haftalardır doğru düzgün yemek yemiyorsun, masada tabağa bakıp duruyorsun. Geceleri de hiç uyumuyormuşsun, ablan söyledi. Sabaha kadar müzik dinleyip ya kitap okuyormuşsun ya da bir şeyler yazıyormuşsun. Hepsini geçtim, okul kıyafetini hiç çıkarmıyorsun oğlum üstünden. Sabahları ceket, pantolon buruş buruş çıkıyorsun evden. N'oluyo?"

Bir an durup düşündüm. Hiç farkında olmadan yaptığım bu eylemlerin ya da eylemsizliğin sağlamasını yaptım kafamda. Evet, doğruydu. Demek aşk böyle bir şeydi. Çayımın son yudumunu aldım, çantamı kaptım, annemi merakta bırakmamak için; ama kendi içimde hissettiğim şeyin gerçek mi doğru mu olduğunu araştırmayı sürdüreceğim anlamında, yarım ağızla, "Galiba âşığım," dedim ve çıktım...

Otobüs durağına giderken içime yavaşça yayıldığını hissettiğim sıcaklık, otobüs gelince, otobüste giderken, otobüsten inip okula doğru yürürken, okulda

onun servisinin gelmesini beklerken ve nihayetinde onu servisten inerken gördüğümde vücudumu tamamen ele geçirmiş, artık saçımdan çıkmıştı.

Tuhaf bir güven duygusu veriyordu bu sıcaklık bana. Zil çaldı, sınıflara girildi. Her sabah yaptığı gibi solumdaki sıraya doğru ilerledi, çantasını bıraktı, yine her sabah yaptığı gibi coşkuyla etrafındakilerle selamlaşıp öpüştü. "Günaydın Necoooo!" diye bağırıp beni yanaklarımdan öptüğünde utandım. Daha çok da korktum. Benim ısım, değdiğim yerlerini yakar diye...

O gün ve sonraki günler, ona karşı olan, onu görünce ya da düşününce tetiklenen duygularımı ve davranışlarımı mikroskop altına aldım. Dehşet salakça şeyler yapıyordum. Dahası bu durumun farkına varmama rağmen aynı şeyleri yapmaya devam ediyordum. Mesela bir yerde sesini duysam bana sesleniyor diye ona bakıyor, bir şey söylesin diye bekliyordum. Mesela ona yazdığım şiirleri kasetlere kaydediyordum heyecanla okuyarak. Altına da fon müzikleri döşüyordum. Bazılarını bestelediğimi sanmışlığım bile var.

Akşamları tiyatroya giderdik okuldan bir grupla, oyundan sonra Saray Muhallebicisi'ne gidilir tartışılırdı oyun hakkında. Ben parasızlıktan tatlıyı es geçerdim. Sonra onu Gayrettepe'deki evine taksiyle bırakır, muhallebicideyken tuvalet bahanesiyle çıkıp aldığım gülü iç cebimden çıkarır, ona verir, iyi geceler dileyerek asansöre binmesini bekler, tüm bunlar bitince de, yürüyerek Gayrettepe'den Eyüp'e giderdim mesela.

Ama en büyük salaklığım okulun, ne okulu be, evrenin en güzel kızına âşık olmaktı...

Yine bir sabah, artık "delilik" gibi gözükmeye başlayan bu âşık hallerime dayanamayan annem, "Kim bu kız?"diye sordu. Önce ismini söyledim. Sonra ilk defa, onun nasıl biri olduğunu, daha doğrusu onu nasıl gördüğümü anlatmaya başladım birine. Kendim dahil... Ne kadar güzel, ne kadar sempatik, ne kadar komik, ne kadar eğlenceli, ne kadar sakar, ne kadar duyarlı ve tekrar tekrar ne kadar güzel olduğunu anlattım da anlattım. "Zenginler mi?" diye sordu. "Canım ne alakası var şimdi zengin olmalarının... Ayrıca öyle bir kız değil. Büyüyünce savaş muhabiri olmak istiyor mesela..." Annem vaziyeti kavramış, neredeyse birazdan, "Siz ayrı dünyaların insanısınız," konuşmasına girecek gibi iç geçirdi. "Haberi var mı senden?" diye sordu bu kez. Keşke sormaz olaydı. Bok gibi hissettirmişti bu soru beni. "Yok galiba," dedim yutkunarak. Ve ona, "Sana âşığım," demenin milyonlarca yolu dönmeye başladı kafamda...

Elbette böyle bir şey yapmaya götüm yemedi. Cebimde ona yazdığım şiirlerin olduğu defterle dolaştım epey süre. Orada burada çıkarıp okumaktan hepsini ezberlemiştim. Defterin sayfa numaraları vardı ve sayfa numarası sorulduğunda, o sayfadaki şiiri ezbere ve komik bir "ıssız adam" tavrıyla okuyabiliyordum.

Günlerden bir gün, "Hadi, Bebek Parkı'na gidelim okuldan sonra," dedi biri. Gidildi. Daha taksideyken, şiirleri kimin için yazdığımı sormaya başladı bana. Geçiştirip durdum. Israr etti, direndim. Parka varıp bir bankta yan yana oturduğumuzda, artık neredeyse yalvarmaya başlamıştı. Son nefesimi verircesine, cebimden çıkardığım defteri ona verdim. Anlamadı ya da anlamazlıktan geldi. "Senin İçin" başlıklı şiirin sayfa numarasını söyledim. Sayfayı açtı, okudu, anlamadı ya da anlamazlıktan geldi. Ayaklarımın altındaki tabureye kendim vurayım, ölümüm kendi elimden olsun ister gibi baktı yüzüme. Onu kırmadım. Gözlerimi kapattım, başka bir sayfa numarası söyledim. Şiirin başlığı "O Sensin!"di... Dünyanın dönüşü için kısa, benim için 75 yılda bir dünyanın yakınından geçen Halley kuyrukluyıldızını beklemek kadar uzun bir süre sessiz kalındı. Hâlâ boynuma sarılıp beni öpücüklere boğmamıştı. Gözlerimi yavaşça açıp cehenneme ilk adımımı attım. "Senden bir şey istemiyorum, artık biliyorsun işte..." dedim. Bana sarıldı, defterimi geri verdi ve unutamadığım cümleyi söyledi: "Gurur duydum Nejat, arkadaş kalalım n'olur..." Ve kalktı ve uzaklaştı...

Reddedilen ya da terk edilen her bünye gibi ben de "nefret" ilacına sarıldım hızla. Yaşama devam etmek lazımdı çünkü. Uzun bir süre suratına bakmadım, onun âşık olduğum özelliklerinin çoğuyla dalga geçtim, aşağıladım. Müziğin en sertine meylettim, edebiyatın maço figürlerini hatmettim, felsefenin nihilist mabedine yüz sürdüm. Kızgındım, hem de çok. Sadece ona değil her şeye, herkese kızgındım artık. Galiba en çok da kendime. Bir sürü karar aldım ve yavaşça hayata geçirdim bunları. Bu kararların en önemlisi şuydu; artık ne ailemin ne çevremin, ne sevgilimin ne de başka birinin ya da başka bir şeyin istediği gibi değil, kendi istediğim gibi bir "erkek" olacaktım. Hatasıyla, sevabıyla...

Yıllar geçti aradan, her şey değişti. Tıp, gece işemelerinin çaresini buldu. Yeni doğan erkek çocukları daha doğumhanedeyken sünnet ediliyor, travma yaşamıyorsun. Cinsellikle ilgili bilgileri daha sağlıklı ve daha kolay edinebilme olanakları mevcut. Kızlı erkekli eğitim zaten yıllardır yanlış uygulanan bir sistemmiş, büyüklerimiz öyle diyor. Üçüncü sayfa haberleri, âşıkların kendilerini ya da birbirlerini öldürme haberleriyle dolu. Okul hayatımın son ve bende en çok iz bırakan öğretmeni, bana "insan" olmanın "erkek" olmaktan daha zor ama daha kıyak olduğunu söyledi. Kabul ettim ben de, ki bu da yeni öğrendiğim bir şey. Kabul etmek...

Geçen sene Cihangir'de bir kafede dostlarla otururken, arkamdan biri seslendi: "Oooo, Nejat Bey burdaymış, tanımaz şimdi bizi." Oydu... Arkamı dönmeden adı çıktı ağzımdan. Hâlâ güzeldi. Kocasıyla tanıştırdı. Çocukları varmış, bizimki bir üniversitede öğretim görevlisi olmuş, iyiymiş. Öğrencileri, benimle bir zamanlar okul arkadaşı olduğuna inanmıyormuş. Üst kata çıkmak için merdivenlere doğru hamle yaptığında, bir an durdu ve dönüp şöyle dedi: "Senin başarılarını görünce gurur duyuyorum arkadaşım."

Gülümsedim, belli belirsiz... "Hâlâ mı?"diye sordum. Ya anlamadı ya da anlamazlıktan geldi...

26 yıl evvel ona âşıkken boyum 1.80, kilom 70'ti. Hâlâ öyle...

Bazı şeyler değişmiyor...

DEVLET! BABAM GELDİ...

1981 yılının ilkbaharı... 12 Eylül tüm şiddetiyle hüküm sürüyor. O zamanlar arkadaşlarla, dalga geçtiğimiz jargonla, "Bugün Eyüp'te yapılan operasyonda yasadışı bir örgüte ait uzun namlulu şu kadar adet pırasa ve patlamaya hazır şu kadar adet lahana bulundu," haberleri radyoda, televizyonda, gazetelerde her gün. Aslında 12 Eylül sabahı, ressam olduğunu sonradan hep beraber öğreneceğimiz darbeci generali televizyonda gördüğüm an pek sevmiştim! Bana, "Bugün okula gitmene gerek yok, yat uyu evladım," diyordu çünkü.

Hoşuma gitmeyen iki şey vardı: Biri sokağa çıkma yasağı, ki akşamları komşu çocuklarla okulun bahçesinde toplanıp gazoz içerek birbirimize korku hikâyeleri anlatırdık. O elimizden alındı. Bir de beraberken acayip eğlendiğim, çok sevdiğim dayımların endişeli halleri... Üstüne annemle beraber bir tekstil firmasına evden iş gönderen, Sevim Teyze'nin oğlu Faruk Abi kayboldu. Evde silah saklıyormuş, öyle dediler...

Neyse... Anlatacağım hikâyenin geçtiği günün sabahı ablamla beraber kalktık ve okullarımıza gittik.

Eve döndüğümüzde garip bir manzarayla karşılaştık. Dedem devamlı, "Allah cezasını versin, ben söylemiştim," diye bağırınıyor, babaannem ağlıyor, annem mutfakta sesizce yemek yapıyordu. Dedem inançlı biriydi. Bir defa hacıydı, üç tane caminin koruma derneği başkanıydı, gayet iyi bir hattattı, *Tercüman* gazetesi okurdu, Menderes hayranıydı ve bana ne zaman, "Ben Demirel'in karnından çıktım," dedirtse kahkahalarla güler, bozuk para kesesinden iki buçuk lira verirdi. Günde iki vardiya Topçular'daki bir bisiklet fabrikasında çalışan babamı, tek uyuyabildiği gün, pazar günü, "Kahvaltıya kalk komünist," diye gözümüzün önünde yataktan atmışlığı var...

O gün ablam da, ben de neler döndüğünü uzun süre anlayamadık. Ekmek almaya gittiğimde, bakkal Yusuf Amca olanı biteni açıklayan cümleyi sarf etti: "Polis, evinize babanı almaya gelmiş, doğru mu?" "Bilmiyorum," dedim ve ekmekleri alıp eve gittim. Sokakta herkes bana acıyarak bakıyor, komşular ev ahalisinin durumunu soruyordu. İşin vehametini o zaman anladım.

Eve girdim, dedem aynı şeyleri söylüyor, babaannem ağlıyor, annem mutfakta sessizce yemek yapıyordu... Ekmekleri mutfak masasına bıraktım, artık kendimi tutamayıp ağlayarak, "Eve polis gelmiş, doğru mu?" diye sordum anneme. Annem gözyaşlarını, doğradığı soğana gizleyerek kafasını aşağı yukarı salladı... Bizim aile Amerikalıların dediği gibi "WASP" (White, Anglosakson, Protestan) bir ailedir. Türk, Sünni, Hanefi... Kapıya polis gelmesi hem de babam için, onun bir halk düşmanı olduğunun kesin kanıtı demek...

Dedem bu yüzden söyleniyor, babaannem bu yüzden ağlıyor, annem bu yüzden saatlerdir mutfakta sessizce yemek yapıyor.

Koşup ablamın yanına gittim, ona da anlattım durumu. Güzel ablam da koyuverdi gözyaşlarını. Bu vaziyet babam eve gelene kadar böyle sürüp gitti... Akşam kapının zili çaldı, kapı açıldı, babam her akşam olduğu gibi, ablamla benim çok sevdiğimiz Rıza Pastanesi tatlıları elinde, gülerek içeri girdi... Girmesiyle beraber, dedem oturduğu yerden kalkarak babama bir tane patlattı... "Ulan, kendine acımıyorsun, bari bu çocuklara acı!" Dehşet verici olan şu, herkes babamın gidip bir daha geri dönmeyeceğinden emindi. Babam vaziyeti anlayınca salondaki koltuğa çöktü, dedemin yanında ilk defa Samsun sigarası paketini çıkardı ve sigarayı yaktı. Dedem hiçbir şey demedi. Sanki son yolculuğuna giden birine gösterilen saygı yayıldı eve...

Babam, annemden bir orta şekerli kahve istedi, dedem tespihini çekerek babamı izlemeye koyuldu, babaannem sessizce Kuran okumaya başladı. İlk laf babamdan geldi: "Kim?"

Çok faal olmasa da sendikacılık yapıyordu babam. Ve o günlerde içeri alınmak için bu yeterliydi. Muhbir vatandaşlığın özendirildiği o berbat dönemde, onu kimin okuduğunu merak ediyordu... Sonra telefon defterini çıkardı, aklına ilk gelen ismi aramak için komşumuz Zeki Amcalara gitti. Mahallede tek telefon, hepimizi sünnet eden, bu yüzden de mahalledeki oğlanların pek sevmediği devlet hastanesi cerrahı Zeki Amcalardaydı. Karısı Mürvet Hala, babamın kahveyi pek sevdiğini bildiğinden, hemen koymuş önüne bir orta şekerli. O evde sigara içilmezdi, çay tabağı marifetiyle hemen bir küllük yapılmış. Fabrikanın numarasını çevirmiş. "Yarın gelemeyeceğim, kusura bakmayın," demiş.

Zeki Amcalardan iki saat kadar sonra geldi babam eve. Yüzünde rahatlamış bir ifadeyle. Sanki ölüm öncesi rahatlaması gibi. Birkaç saat daha oturduk öyle... Herhalde babaannem hatim indirmişti. Annemse neredeyse bir hafta yetecek kadar yemek yapmıştı mutfakta ve hâlâ sessizdi. Salona gelip küçük bir baş hareketiyle, ablam ve bana, "Hadi, yatın artık," dedi ve mutfağına geri döndü.

Yatmaya giderken, yani aslında babama son bir kez bakarken, dördüncü paket sigarasını açtığını ve gülümsediğini hatırlıyorum. Herhalde saat gece 03.00 olmuştu. Ablamla beraber pencereyi açıp göğe, yani Allah'a bakıp dua etmeye karar verdik. Sokakta gördüğüm manzara acayipti... Her gün eşek gibi çalışıp geceleri erkenden, tavuk gibi yatan komşularımızın ışıkları hâlâ yanıyordu. Hem de hepsinin... Dualarımızı ettikten sonra zor da olsa uyuduk. Sabah okula gitmek için kalktığımızda babam evde yoktu. Karakola gitmiş.

Her ne hal ise biz okullarımıza gittik. Günün nasıl geçtiğini anlatamam... Son ders zili çaldığında ikimiz de koşarak eve geldik. Babam evde yoktu... Babaannemin gözyaşları, okuduğu Kuran'ın sayfalarına dökülüyor, dedem hâlâ tespihini çekip fısıldanarak söyleniyor, annem hâlâ mutfakta bir şeyler yapıyordu. Artık emindik, saatler olmuştu ve babam geri gelmeyecekti.

Derken kapının zili çaldı. Hemen pencereye koştum, bir baktım babam kapıda... "Babam geldi!" diye bağırarak otomatiğe bastım. Bütün ev halkı bir anda evin kapısının önünde toplandı. Babam merdivenlerden çıkarken dedemi gördü önce, elindeki sigarayı telaşla söndürdü, "Selamünaleyküm," dedi ve meraklı bakışlarımız içerisinde eve girdi. Salonda dün gece oturduğu aynı yere oturdu. Ev ahalisi olarak dün geceki mizanseni bozmayıp biz de aynı yerlere oturduk. Sessizlik... Babam önüne, biz birbirimize bakıyorduk. Yine babam bozdu sessizliği: "Zehra, bi' kahve yapsana..." Annem hızlı adımlarla gitti ve öyle hızlı getirdi ki kahveyi, sanki bu saatte babamın geri döneceğini bilirmiş de önceden hazırlamış gibi. Sonra yine sessizlik...

Kahveden bir yudum aldı, eli sigara paketinin olduğu cebe gitti, sonra dedeme baktı, dedem geri dönen evladına sevgiyle bakıp başıyla "iç" der gibi onayladı. Babam bir an durup elini cebinden çekti, kahvesinden bir daha yudum aldı. Fincanı yavaşça bıraktı ve kahkahalarla gülmeye başladı. Dizlerini döve döve epey güldü. Mana veremediğimiz bu olayı, bir yandan uzunca bir süre seyrettik, bir yandan da birbirimize bakıp, "N'oluyo, acaba delirdi mi?" gibisinden, gözlerimizle sorular sorduk. Bir süre sonra sinirler bozuldu, hep beraber gülmeye başladık. Hem de ne gülmek... Gülmekten yorulunca artık, babam ne olduğunu anlatmaya başladı.

Efendim, bizimki askerden dönünce –kendisi Cumhurbaşkanlığı Muhafız Alayı'nda yapmış askerliğini– garanti meslek diye 1966 senesinde polislik başvurusu yapmış. Karakola çağırılma nedeni bu... "Beyefendi, başvurunuza cevap geldi, sizi yaş haddinden alamıyoruz." 15 sene sonra devlet baba cevap vermiş bizimkine... Yine şaşkın bakışlar ve ardından yine gülme krizi... Gülmekten tekrar yorulduğumuzda, 24 saattir konuşmayan annem konuştu:

"Yemek hazır, hadi sofraya..."

"Birini
kaybetmeye
alıştırırsan,
artık hiçbir
şeyden
korkmaz.
Senden hiç..."

KUŞPALAZI

Hastalıklar hayatıma erken girmiş. En romantiği kuşpalazı (difteri) geçirmem. Eyüp, 70'lerde faaliyet gösteren fabrikalar yüzünden, yaz kış bulutla kaplı. Lodos estiğinde Haliç'in kokusu muazzam. Doğduktan sonra hastane hayatın bitmiyor yani. Nitekim dokuz aylıkken kuşpalazına yakalanıyorum.

Okumayı söktükten sonra, Ömer Seyfettin'in *Kaşağı* hikâyesini okuyorum. İftiraya uğrayan kardeş kuşpalazı olur ve ölür. Empatide biraz fazla ileri giderek defalarca okuyup içli içli kendime ağlıyorum. Yeni bir hastalığım var artık, hem de kafadan. Kendime acayip acıyorum. Sessizleşiyorum, şiirler falan yazmaya başlıyorum. Bugün halen devam eden, bir şey düşünürken sallanma alışkanlığım da oradan. Mesleği de, hayatı da sallanmadan yaşayamıyorum.

Çevre şartları ve kötü beslenme, akranlarımla beraber beni de mıhlıyor hastane yatağına. Allahtan, o zaman özel hastane furyası yok, devlet hastanelerinde iyi doktorların sayısı fazla. Klasik bademcik ve geniz burun eti vaziyetlerinin yanında, mahallede kim bulaşıcı bir hastalığa yakalanırsa, hepimizi onun yanına koyuyorlar. Bize de geçsin de kontrollü tedavi olalım diye.

Ablam sarılık oluyor bir ara, ulan her gün beraberiz, bende tık yok. Hasta olamamamın cezasını hızla alıyorum. Ablama kızartma yasak, karaciğere ağır geliyor çünkü. Ne? Patates kızartması da mı? Alt komşumuz astsubayla anlaşıyorum. Sıkı bir Eskişehirspor taraftarı. "Es es es, ki ki ki, eski eski es!" diye bağırırsam, eşinin bana patates kızartması yapacağını söylüyor. Bir tabak patates kızartmasına hem ablamı hem de Fenerbahçe'yi satıyorum.

Yıllar sonra, herhalde 28-29 yaşımdayken, biri, "Neco, oğlum iyi görünmüyorsun," diyor. Amcaoğlum Tezgah'a yakın bir yerde çalışıyor, doktor; ona gidiyorum, "Sarılık olmuşsun," diyor gülerek, "çocuk sarılığı." Küçük yaşta ettiğim ihanetin bedelini, eşek kadar herifken ödüyorum.

"Acılar
yaşanmadan
değeri
anlaşılmıyor
galiba..."

"İŞÇİSİN SEN İŞÇİ KAL"

Sevmiyor bu hikâyeyi anlatmamı, biliyorum. Affına sığınarak yapıştırıyorum.

80'li yılların ortası. Benim peder iş bulmakta zorlanıyor ancak emekliliğine az kalmış. Bir şekilde bu sorunu halletmesi lazım. Babama derme çatma bir iş bulundu, emekliliği için gereken işgünü dolduruldu. Çok boktan bir emeklilik tazminatıyla işçilik hayatına veda etti. SSK denen kurum, en alt meblağdan emekli etti babamı. Nedendir bilinmez, hayatında ilk defa çalışmadan para aldığından mı yoksa kahvedeki arkadaşlarının gazından mı babam emeklilik tazminatıyla esnaflık yapmaya karar verdi. Bizim ailede al-sat işi yapan neredeyse yok. Aklıma gelen bir-iki örnek de gayet başarısızdı ticaret hayatında.

Dükkân bulundu. Manav olacakmış. Babam ne esnaflık bilir ne çiftçilik. Sebze yemeyi sevmez, meyveye yan bakar, evin alışverişini pazardan dedemle annem yapar. Tuhaf bir durum. Bak, yazarken bile sinirlendim, herhalde kahve arkadaşlarının buna kazığı. Neyse, dükkân tutuldu. Osmaniye'de... Osmaniye neresi? Veliefendi Hipodromu'nun yanı. Mevsim yaz, okul tatil, ben de babamla beraber manavlık sektörüne girdim.

O yılların berbat kışları vardı, bilen bilir. Yazının kahrını da ben bilirim. Sabah babamın keyfince uyanıp hızlı bir kahvaltı sonrası, köprüdeki Ayvansaray durağına koşar adım yürüyüp 85 numaralı Mecidiyeköy-Bakırköy otobüsünü beklerdik. Otobüs bizi Merter durağına bıraktıktan sonra, karşıya geçip minibüsle dükkâna en yakın yerde iniyorduk. Dükkâna kavuştuğumuzda, babam tezgâhı kurup her malın fiyatını bana ezberlettikten sonra arazi oluyordu. Bilin bakalım nereye?

Kuş uçmaz kervan geçmez bir mevkide olan dükkânımızın müşterileri, at gezdiren seyisler, birkaç mahalle kokonası ve yakınlardaki karakolun mensuplarıydı. Ablalar bana çay getirir, polisler ucuzundan –hatta bedavasından– ev alışverişi yapmaya gelir, seyisler, atlarına geçmiş günün karpuzlarını yedirirdi. Şahane bir hayatımız vardı. Akşam yarışından sonra, babam beş karış suratla dükkâna girer, evin ihtiyaçlarını belirleyip götürülmek üzere, kepengin dışına koyardı. Nasıl bir gizli kızgınlık bilmem, evin rızkı olan karpuzu her akşam patlatırdım. Güzel babamın bana ettiği en büyük küfür, "salatalık"tı.

İki ay sürdü esnaflık maceramız. İşlemeyen manav dükkânının borçlarıyla babamın Veliefendi'ye yatırdıkları üst üste gelince iflas ettik. Emeklilik tazminatı taklaya geldi. Babam, yetenekli olduğu sanat işlerine iç dekorasyon elemanı olarak devam etti, ben de okuluma. Hep söylemek istedim babama, bir türlü tamir ettiremediği pikabın yanındaki Cem Karaca 45'liğinin üstüne yazdığı yazıyı: "İşçisin sen, işçi kal..."

"Sus ve dinle...
her şey akıp
gidiyor..."

OKULUN BİTİŞ ZİLİ ÇALIYOR

Dövdüğüm kapıyı açan anneannem, yalandan, "Gıracasun la gapuyi." Mutfaktan gelen kokular mis. "Garalahana gaynattum." "Yerim." O yemeği hazırlarken, ben dergileri karıştırıyorum. Hayda, *Gırgır*'lar tastamam, *Fırt*'lar yok piyasada. "Anaaneee, dayımın *Fırt*'ları nerde?" "Çıplak garu resimleri vardı, galdudum." "Yavrunuzun sayfası"ndan bahsediyor. Küs ayağına yatıp *Gırgır*'ları karıştırırken, yemek geliyor. Genelde uçtuğum, karalahana-mısır ekmeği kombinasyonunun yüzüne bile bakmıyorum. "Yesene uşağum." "*Fırt*'lar nerde?" "Ula, daha sünnet olmadın, ne anliyisun garudan gızdan." "Bi' kere o dergide sadece karı kız yok." "Ya ne varmış?" "Altan Erbulak, Halit Kıvanç, Müjdat Gezen, Uğur Dündar, Minik Serçe var." Uğur Dündar'ı beğendiğini bilirdim. Kalkıyor, tepsiyi gösterip "Bitirecesun onları," deyip gidiyor dergileri getirmeye. Yemeğe dalıyorum. Dergiler gelince, ilk olarak "yavrunuzun sayfası"na bakacağım, sonra da Minik Serçe'yi okuyacağım, çok heyecanlıyım. Sağ olasın Uğur Dündar...

Birkaç yıl sonra dayım, ablamla ikimizi, Sezen Aksu'nun Şan Tiyatrosu'ndaki konserine götürüyor.

Sahne kararıyor, konser başlıyor, ablamla ikimiz, el ele nefes nefeseyiz. İlk defa böyle bir şey seyrediyoruz. Şarkılar, orkestra, şarkı aralarındaki skeçler, ışık oyunları ve sonunda, "Benim Meskenim Dağlardır" şarkısıyla, Minik Serçe'nin uçarak sahneden çıkışı. Hayret içindeyiz. Çıkışta soruyorum dayıma: "Gerçekten uçtu mu?" "Uçtu tabii oğlum, Minik Serçe değil mi adı?"

Çok yıllar sonra, tanışıyoruz kendisiyle. "Senin bir barın varmış, beni de götürsene." "İyi de bizimki rock bar, heavy metal falan çalıyoruz." "Sarı tekilan var mı?" "Buluruz." Dükkâna yaklaşırken, Dave Mustaine' in sesi sokağı inletiyor. İçerde 20 kişi falan var. Beğendiği bir yere oturuyor. Ben tekila ve greyfurt almaya gidiyorum. Döndüğümde müzik susmuş, sadece o söylüyor. Bizim çocuklar istekler yapıyor. Herkes şaşkın ve bunun ne muhteşem bir an olduğunun farkında. Ne dersen de hepimizin hayatına dokundu bir şekilde. Çok yaşa...

"Önemsemeyi unutup çöpe attığın hayatın var ya, ben aldım onu işte. Hatta çaldım. Hiç yanıltmadın beni, teşekkür ederim."

"EVLADIMA MİRAS BU SEVDA"

"Sende Beşiktaşlı tipi var..."

Tüh ulan, yakalandık iyi mi? Yine...

Tanıyanlar bilir, ağzımda bakla ıslanmaz. Öyle gizli örgüt üyesi falan olamam. Biraz içki ve kıyak bir manita eşliğinde her şeyi okurum. Ve fakat benden, olmadığım bir figür yaratma heveslileri, "çok şahane bi' delikanlı" olduğumu, tek kusurumun, Fenerbahçe'ye olan tutkum olduğunu söyler. Yekten söyleyeyim: "Bana içine giremeyeceğim elbise dikmeyin..."

Koşullar hep çok elverişliydi aslında. Dayım; Metin, Ali, Feyyaz ve Gökhan'la beraber, Beşiktaş altyapısının en güzide topçularındandı. Şeref Stadı'nda antrenman seyretmişliğim, soyunma odasında, tüm takımın pipilerini görmüşlüğüm var. "Atom Karınca Rıza" ile Eyüpspor maçları da seyrettik; evde, dayımın bana kocaman gelen formalarını giyip Beşiktaş maçlarının canlandırmasını da yaptım. Üniversiteyi Beşiktaş'ta okudum. Beşiktaş Köyiçi'nden, Ortaköy'den çok arkadaşım oldu. Cem Yakışkan'ın dükkânı Esperi'de sarhoş oldum, Çarşılı delikanlılar taşıdı küfemi. Serpil Hamdi Tüzün, hâlâ ilah gibi bir şey benim için. Bilić'i çok severdim, Sanlı'nın resimli kitabını elimden düşürmezdim. Falan filan... Hepsinden baskın biri vardı tabii hayatımda... Babam...

Gerçekten, ilk gittiğin maç, senin tercihini belirliyor. Babam, elinden geldiğince Fenerbahçeli yapmak için uğraştı benimle. Maçlara götürdü, Tokmaktepe'de oynadığımız bire birlerde, efsane Sasu'yu anlattı, sol ayağımı kuvvetlendirdi bu yüzden. Didi'den bahsetti uzun uzun. Harrington Kupasını'nın hikâyesini okuttu, Atatürk'ün Fenerbahçeli olduğundan emindi. Üstelik Cemil Turan da anne tarafından uzak akraba. Şartlar oluşmuş, tercihim şüphesiz belliydi. Fenerbahçeli ve gururluydum. Rausch'lu bir sene küme düşmekten kurtulduk. Birkaç sene "acıların takımı" olduk, önüne gelen dörtledi. Sevmediğim birileri başkanlık yaptı kulübe bir ara, sevdiğim başkanın başına "3 Temmuz" çorabı örüldü. Hep sıktım dişimi. En kötü zamanda bile, tribünde karton şapka satmaya devam ettim. En acayip günlerde bile, İslam Çupi'nin yazısını okumadan güne başlamadım.

Yıllar sonra, babama bir yaş günü hediyesi vermek istedim. Araya tanıdıklar koyarak türlü numaralar çevirdim ve Şükrü Saracoğlu'na, Fenerbahçe maçına götürdüm. Locada keyfimiz gıcırdı. Çayını, yemeğini, dostları, hele yönetimdekileri eksik etmedim. Güzel bir galibiyet aldık, her golde birbirimize acayip sarıldık. Maç bittikten sonra eve, Eyüp'e bıraktık babamı. Kapıya geldiğimizde, ıssız bir an buldu, sadece ikimize ait. Kocaman kucakladı beni. "Seninle gurur duyuyorum oğlum," dedi. Gözleri ışıl ışıldı. Bu ânı var ettiği için, o Tanrı'ya, ben Fenerbahçe'ye şükrediyordum.

En son 30 yıl önce, yine beraber gitmiştik Fenerbahçe maçına, Kadıköy'e. Ben, yanlışlıkla Orduspor tribününe geçmiştim. Babam, bir süper kahraman gibi beni çekip çıkarmıştı oradan. İşte, ben de aynı parıltılı gözlerle, onunla ne kadar gurur duyduğumu söylemiştim.

"Tek Sevgilim Fenerbahçe" pankartı yazmışlığım var. Stattan atılmışlığım, dayak yemişliğim var. Hiçbir zaman "sert" biri olmadım, yanlış anlaşılmasın. Ama hayatımdaki en tartışılmaz şey Fenerbahçe. Üstadın dediği gibi galiba: "Darağacında olsak bile, son sözümüz Fenerbahçe..."

AMATÖR GÜZELDİR

1970'lerin sonuydu. Pazar sabahları, hep beraber yapılan kahvaltının ardından televizyona koşar, adının *Tele Pazar* olduğunu anımsadığım bir programa kilitlenirdim. Programda, Orta Avrupa'nın çeşitli kentlerinin köyleri, kadınlı erkekli, canlarını dişlerine takarak yarışırdı. Yarışların sonunda birinci olan köye, devasa bir çek verilir, zaten yarışmalar süresince tonlarca bira içen köylüler, ellerinde kiloluk şişeler, bağıra çağıra zaferlerini kutlardı. Nedense ben de onlarla birlikte sevinir, kafadan attığım bir dilde şarkılar söyleyip dans ederdim. Yıl 2015, eşek kadar herif oldum, hâlâ aynı şeyi yapıyorum. Aradaki tek fark, artık sadece seyirci olmamam.

Eğer futbolla bir şekilde ilgileniyorsanız, amatör kulüp maçlarını izlemenizi şiddetle tavsiye ederim. Büyüdükçe sıkıntıları, sevinçleri, ilişkileri sıradanlaşan ve sıkıcılaşan rekabet dünyasında, amatör kulüp sporu, çocukluğunuzla buluşmanız için en güzel yer. Nasıl ki çocukluğumuzda ortaya bir oyun fikri atıldığında küstüğümüz arkadaşlarımızla aramızdaki her şeyi unutup harala gürele oyuna girişirdik, işte öyle.

Geçtiğimiz seneye kadar takıma bir şekilde hamilik yapan belediye artık yok. Kulübün yaşaması için de birkaç esnafın ve hayatını bu takıma adamış köy çocuklarının çabası yetersiz. Bakkal Hüsnü'ye soruyorum: "N'olcak bu sene?" "Valla Neco, katılamıyacağız herhalde," diyor. Neredeyse sigara ağzımdan düşecek hayretten. Sahi, bu takım nasıl yürüyor, nasıl her hafta maça çıkıyor, hiç düşünmemişim. Hemen kafa kafaya veriyoruz. Hüsnü, Ahmet, Cenk, başkanımız Erkan Abi ve köyün diğer sporseverleri olarak çözümler üretmeye koyuluyoruz. Beşiktaş Çarşı'daki dostlarımızın yardımıyla yaptırdığımız atkılar geliyor aklımıza. Bir çuval atkıyı yanımıza alıp Gümüşlük Koyu'nun bir ucundan öbür ucuna kapı kapı dolaşıp, esnaflara durumu anlatıp atkıları sembolik olarak satıyoruz. Herkes gönlünden koptuğunca, gücü yettiğince bir şeyler atıyor köy sandığına. Bir kapıdan diğerine giderken, bir önceki kapıdan aldığımız miktarla ilgili iyi kötü konuşmayı da ihmal etmiyoruz. Atkı almayan esnaflara gitmeme kararı da alıyoruz.

Sezon açılışı geldi çattı. Takımla ilk toplantı... Baklavalar tepsilerde, zor söylenecek sözler ağzımızın içinde. "Çocuklar, durum böyleyken böyle, yol paranızı bile aramızda halletmeye çalışacağız," dedi Hüsnü. Bizim topçular, sanki bacılarına küfretmişiz gibi, "Ne demek abi, para için mi oynuyoruz?" dediler. Duvarın arkasına kaçan topun geri gelmesine sevindiğimiz kadar sevindik.

"Feda" sezonu bitti. Son maçta Ortakent'e yenilerek bir üst lig iddiamızı kaybettik. Olsun, o kadar çok şey kazandık ki... Antrenmanlarda, maçlarda, deplasmanda, kahvelerde, meyhanelerde, her yerde takımımızla ilgili daha neler yapabiliriz diye konuştuk heyecanla. Neredeyse maç kadar kalabalık seyirciyle yapılan antrenmanlar oldu. İç saha maçlarımız pikniklere; deplasmanlarımız sevdiklerimizle yaptığımız gezilere dönüştü. Çoğu yerde şahane karşılandık, çoğu takıma da iyi ev sahipliği yaptık. Cenk'in iki yaşındaki ikizleri Can ve Ela, "Gümüşlük" diye haykırmayı; en çok da, bizim, hakemin hatalı olduğuna inandığımız kararlara verdiğimiz tepki olan "Hocaaa!" diye bağırmayı seviyor...

Geçenlerde, iyi bir Gümüşlükspor taraftarı olan Erkan Gologlu, "Oğlum, benim hayatta üç tane hayalim vardı, ikisini gerçekleştirdim, bir tane kaldı. Bir futbol kulübüne yönetici olmak," dedi. O hayal de gerçek oldu...

Amatör spor kulüplerinde ter döken herkese selam olsun...

DOKTOR

Mezunlar gecesi faciasının borcunu ödemek için ilk Tezgah'ı açtığımda Deniz'le birlikteydik. Deniz'le ikimiz çizgi film karakteri gibi takılıyorduk. Bir tane de çok cool, yakışıklı, esmer bir oğlan vardı. Yanında da çok güzel bir kız... Bunlar o civarda takılıp sürekli önümüzden geçiyorlardı. Biz de bu herifin kim olduğunu merak ettik. Bu merakımız sürerken Oliver Stone'un yönettiği ve Jim Morrison'un hayatını anlattığı *The Doors* filmi çıktı.

Tezgah'ta ortak karar alıp her birlikte Şişli'de sinemaya gittik. Her sahnede gaza gelip bağırıp çağırdığımız için filmi biraz maceralı seyretmiş olduk. Ancak her şeye rağmen sinemadan kovulmadan filmin tamamını izlemeyi başardık ve sinemadan çıktık. Film çıkışı 15-20 kişi Pangaltı'nın arkalarındaki Ermeni Mezarlığı'nın orada biraları alıp konuşmaya başladık. Doktor, yani o esmer çocuk yanıma oturdu.

"Ben geçerken sizin şarkı söylediğinizi duyuyorum. Poison sever misin?" dedi. Glam rock... Kızların en çok hoşuna giden gruplar bunlar. Çok sevdiğimi söyleyince Doktor, "Ben de seviyorum ya. Çok yalnızım," dedi.

"Yalnız değilsin moruk," dedim, "ben de öyleyim." O günden sonra diyaloğumuz başka sürdü tabii.

Doktor değişik bir heriftir. Hataylıydı. Ailesinde meşhur bakanlar falan vardı. Annesiyle babası ayrıydı, babası da epeydir ortalarda yoktu. Annesiyle beraber Nişantaşı'nda bir evde oturuyorlardı. Annesi hem terzilik yapıyor hem de civardaki hasta/yaşlı kadınlara bakıyordu. Zamanla Doktor'la çok samimi olduk. Doktor, Zihni'nin tezgâhında çalışırdı. Sinan'ın da tezgâhını toplar, ondan yevmiye alırdı.

Abiler tezgâhları en son *junior*'lara bırakırdı. Ben patronum gerçi; ama akranız adamlarla. İşimi bitirince depoya onların yanına giderdim. Depoda Doktor gitarı eline alır çalmaya başlardı; acayip de iyi çalardı. Ben de onun çaldığı şarkıları söylemeye çalışırdım. Doktor, dört dörtlük çalmaz, aksak çalardı. Neden böyle yaptığını bir türlü anlayamadım. "Oğlum şunu dört dörtlük çal da şarkıya girebileyim," dediğimde uzaktan şöyle bir bakardı. Müzikten çok iyi anladığı için Doktor derdik. Türkü de bilirdi, klasik de bilirdi, metal de...

Arkadaşlığımız iyice ilerleyince Sinan, ben ve Doktor aynı evde, Teşvikiye Topağacı'ndaki kalmaya başladık. Evdeki görev paylaşımı belli. Ben hem Tezgah'tan iyi kazanıyor hem de *Şehnaz Tango*'da oynuyordum. Malzemeleri ben alırdım, Sinan yemekleri yapar, Doktor da bulaşıkları yıkardı. Ev dediğimiz de eski bir ofis. Doktor'un daha önce birlikte çalıştığı, reklam filmlerinde sanat yönetmenliği yapan bir abimizin ofisiydi. Biz de burayı kullanıyorduk. Adam sonunda kaçtı. Aslında biz ofisi işgal etmiş sayılırız.

Doktor'un takıldığı hatun, garip bir şekilde Doktor'a bir yamuk yaptı. Aslında fark etmeden ben de Doktora'a bir yamuk yapmış olabilirim. O dönem vokal denemelerine gidiyordum. Doktor'la bir müzik grubu kurmayı planlıyorduk. Doktor'a bir yerde vokal olması için teklif geldi. Ben de birlikte bir yola çıktığımızı, bir müzik grubu kuracağımızı söyleyip Doktor'u vokal olma fikrinden vazgeçirdim. O da gitmedi. Bunun üstüne sevgilisiyle olaylı şekilde ayrılınca Doktor sustu. İki sene süren bir sessizlik orucuna başladı. Evde kendisini odaya kapattı. Yemek hazır olunca kapısına gidip, "Doktor yemek hazır," diyorduk. Hiç konuşmadan geliyor, yemeğini yiyor, biraz ağlıyor ve odasına gidiyordu.

Doktor'un da ayakta olduğu ve böylece bir arada olduğumuz nadir anlar sebebiyle *Kaybedenler Kulübü* benim için değerlidir. Hava soğuk olduğunda evi ısıtacak bir şey olmadığı için piknik tüpünün üzerine bir tencere su koyuyorduk. Bir radyomuz vardı. Radyodan Kent FM'i açıp *Kaybedenler Kulübü*'nü dinliyor ve suyun buharıyla ısınıyorduk. Gülüyorduk durmadan. Bir ara Doktor'un gözleri bozuldu, kilo almaya başladı ve bünyesi çöktü. Hâlâ çok güzel herif ama bünye çökünce bir sürü rahatsızlık peyda oldu.

O dönem günlük lensler vardı. Onlara paramız yettiği için günlük lens alabiliyorduk. Ancak öyle ki günlük lensle bir sene falan yaşardı. Paramız olduğunda da Doktor artık "normal" lens istemiyordu. Öyle oldukça göz gittikçe bozulmaya başladı. Kemancı'ya gittiğimizde Hakan Keçe, Doktor'u gösterip, "Bu arkadaş kim abi, ne acayip bakıyor öyle?" diye sorardı. Oysa adam bakamıyor ki... Çünkü görmüyor. Öyle takılıyor işte. Korkarsın bakışından, garip bir tip. Tezgah'ta dururken millet yoldan geçince selamlaşır soruşurduk. Doktor kimseyi görmediği için kimseye selam veremiyordu. Adamın bu sebepten bütün ilişkileri bozuldu.

Doktor'un bir özelliği de gözleri görmemesine rağmen Tezgah'ta benim saatlerdir bulamadığım her şeyi bulmasıydı. Adam görmüyordu ama her şeyin yerini ezberlemişti.

Sonunda "adam gibi" lens almak için ikna edebildik. Aramızda parayı da topladık. Nişantaşı'ndan Şişli'ye gitti ama neredeyse dört saattir ortalıkta yok. Merak etmeye başladık. Sonunda geldi. Burnumun dibine kadar yaklaşıp bana bakmaya başladı. "Abi, sen böyle bir şey misin ya?" dedi. Doktor beni ilk defa bu kadar net görüyor. 14'e 17 numaraydı gözleri. "Ne yaptın moruk bu kadar saat?" dedim. "Manava gittim abi," dedi, "elmalara, domateslere, onların renklerine baktım. Ne acayipmiş ya?" İştahını anlıyorum çünkü neredeyse bir on senedir görmüyor adam.

Doktor hem çok eğlenceli hem de çok iyi kalplidir. "Şık" kulüplerde çalışan barmen arkadaşlarımız vardı. Geceleri arayıp, "Neredesiniz?" diye sorarlardı. Cepte para yok, öylece oturuyoruz. Bizi çağırdıklarında taksiye binip gider, kapının önünde inerdik. Barmen dostlar bizi karşılayıp taksinin parasını verirlerdi. İçeride takılırdık, kızları alırdık, arabaya binerdik, giderken çocuklar hem cebimize harçlık hem de yanımıza içki verirlerdi. Acayip zamanlardı.

Doktor her şeye ilk uyanırdı ama büyük sakardı. Bir gün Akusta'yla tatile gittiklerinde egzoz düşmüş.

Doktor kahramanlığa soyunmuş, ben hallederim demiş. Egzozu telle bağlayacakken teli yan keskiyle kesince kestiği parça gözüne saplanmış. Bir geldi, göz sargıda. "Ne yaptın teli?" dedim. "Çektim, çıkardım. Gözümü kırpamıyordum," dedi. Ameliyat falan derken kurtardık gözü.

Bir akşam birlikte ocakbaşında içiyoruz. Akusta o zaman *Kurtlar Vadisi*'nde oynadığı için sabah seti var. Doktor'la aynı evde kalacaklar. Çok da içmemiştik gerçi, kimse sarhoş değildi. Çok geçe kalmadan kalktık, ben eve gittim. Sabah 07.00 gibi Doktor'dan telefon geldi. Çağlayan civarında kaza yapmışlar. Doktor iyi ama Akusta çok kötü. Hastaneye kaldırmışlar. Bir gece önce Can diye bir arkadaşımıza Akusta'nın verdiği alkollü araba kullanma öğütleri geldi aklıma. Kendimi tutamayıp başladım gülmeye. Kalktım hastaneye gittim. Akusta darmadağın olmuş. Sonradan suratına bir sürü çivi taktılar toparlamak için. Doktor'un da kilodan dolayı merkezi kaymış ama umurunda değil. Sonradan çıktı acısı.

Bir keresinde de Doktor bir arkadaşıyla arabada gidiyormuş. CD değiştirecekken ani fren yapmak zorunda kalmış şoför. Doktor'un kolu dört yerden kırılmış. Bir de, "Hissettim," diyor. Ulan ne hissetmesi? 120 kilo adam... Arabada ben olsam en fazla kafayı ön cama çarpar çıkarım ama Doktor gövdesinden gelen basıncı taşıyamadığı için kol gitmiş. Kolunun bu nedenle kırıldığına bir türlü ikna olmuyordu. Spiritüel şeylere inandığı için sürekli, "Hissetmiştim," diyordu.

* * *

Ustasıyla birlikte reklam dekoru işi yaparlardı. Ustası da iyi bir ustaydı. Bu sebeple prestijli reklamlara giderlerdi. Bana da oradan ekmek çıkarırdı. Yolsuz olduğum dönemler onun sayesinde güzel para kazandım. Bana bakmışlığı da vardır yani! Günlerden bir gün beni bir reklama götürdü. Haluk Bilginer ve Uğur Yücel'in oynadığı İş Bankası reklamına... Reklamda belli renklerde kitaba ihtiyaç var. Seç-al'da olanlardan istedikleri şekildeki kitapları kolileyip sete götürdüm. Ben uzun saçlıyken oynadığım Mis Süt reklamı oradan geldi işte. Banka reklamını çeken şirket o reklamı da çekecekmiş. Kitapları bırakmak için gittiğimde tanıştık. Sen kimsin falan dediler. Bizim Doktor da gidip Mimar Sinan'da oyunculuk okuduğumu söyleyince beni çağırdılar. O şekilde almıştım ben o reklam işini.

İkinci Bahar dizisinin setinde de dekor yapıyorlardı. Ben de sete gidip geliyordum. Yavuz Turgul beni deneme çekimine çağırmıştı o zaman. Önerilen rolü sevmeyince çok da sallamamıştım. *Gülbeyaz* patladıktan sonra Yavul Turgul, Tomris Giritli'yi arayıp beni nereden bulduğunu sormuş. Ben de deneme kayıtlarını seyretsin, oradayım ben, dedim.

* * *

Doktor acayip hisli bir heriftir, hisseder. Eğer biraz ilgilense kesin iddia tahmincisi olurdu. Galatasaraylıdır. Bir tane Capone forması vardı, halı saha maçlarında yıllarca o formayı giydi.

Bir gün Tezgah'ta kenarda dururken üç kişi hışımla yanımızdan geçti. Kadın hamileydi. Adam geçerken kocaman yolda bana bir koydu, aklım çıktı. Onların da acelesi vardı sanırım. Adam bana vurunca ben de, "Yuh ulan ayı!" dedim. Adam da dönüp benim üzerime atlamaya kalktı. Doktor bir tuttu bunu, dövmeye başladı. Adam dayak yerken diğer adama, "Git buradan," dedi. Kadın da bize, "Yapmayın," diye bağırıyor. Biz Doktor'la bu adamı döve döve bir yere kadar götürdük. Adamın tişört bir sıyrıldı, makinenin kralı belde parlıyor. Ben, Doktor da nasıl olsa görmüştür, diye düşünüp kaçtım. Adamın kör olduğunu unuttum o kargaşalıkta. Tiyatronun tuvaletinde saklanırken müdür geldi. "Tamam, sakin ol, Doktor'u karakola götürdüler," dedi. Karakola götürdülerse sorun yok, demek ki sağlığına zarar gelmemiş. Ben de çıktım, karakola gittim.

Adam karakolda komiser dahil herkese bağırıyor. "Herifte silah var yahu!" diyorum, kimse iplemiyor. O adam, artık her kimse, komiser dönüp, "Çıkın dışarıda halledin," dedi. Önce biz çıktık, adamı beklemeye başladık. Adam bize baktı, "Ananızı ..." deyip gitti. Kim olduğunu bir türlü öğrenemedik.

Doktor bir ara kafası güzel dolaşmaya başladı. Kızılkayalar'ın orada olay çıkarma alışkanlığı edindi. Düzenli olarak mevzu yaratıyordu. Bir gün kapkaç hırsızlığına şahit olmuş ancak polisler ilgilenmemiş. Doktor da buna sinirlenip ağır küfürler ederek yürümüş. Leş bir mekânın korumaları bunu öyle bir dövmüşler ki kolu bacağı falan kırılmış. Artık intikam istiyoruz ama intikam almaya kalksak savaş çıkacak. Tanıdığımız, o dünyayı bilen abiler bize gelip, "Savaş mı çıksın istiyorsunuz?" dedi. Biz de özür istediğimizi söyledik ama dilemediler. Kapandı gitti mevzu.

Bir sürü proje yaptık onunla ama hiçbirini gerçekleştirmedik neredeyse. Kadıköy tarafını çok severdi, sonunda gitti, o tarafa taşındı. Doktor'la ben işin hakkını Sinan'a teslim ettik. Biz, daha çok işin serseriliğindeydik. Şimdi Kadıköy'de bir müzik dükkânı işletiyor bir arkadaşıyla birlikte.

"Gerçekten istediğim şeyleri yapmak, gerçekten istediğim yerde, gerçekten istediklerimle zamanımı değerlendirmek. Tek isteğim ve halihazırda yaptığım şey bu."

AKUSTA

Teşvikiye'deki kız meslek lisesinin önünde tezgâh açtığımız günlerden bir gün, filmlerden tanıdığımız ve tiyatrocu olduğunu bildiğimiz Hadi Çaman çıkageldi. Hepimizle tek tek tanıştı ve orada bulunma nedenini anlattı. Efendim, Milli Eğitim Bakanlığı sahne sorunu olan özel tiyatrolara kıyak çekmiş. Sembolik bir kira bedeliyle tiyatro sahnelemeye uygun okul salonları özel tiyatrolara tahsis edilmiş. Hadi Çaman da komşumuz olmuş bu arada. Aslında bizim işimize geldi bu durum. Belediye zabıtaları bizi daha az rahatsız ederdi herhalde, yani adam meşhur sonuçta. Hem tiyatroya gelen seyirci, bizim kitaplara da şöyle bir bakıverir, diye düşündük.

Işık hızıyla yapılan tadilat sonunda oynanacak oyun belli oldu ve kadro kurulmaya başlandı. Daha önce çalıştığı oyuncular yeterli olmadığı için oyuncu aramaya başladı Hadi Çaman. Kızlı erkekli birçok oyuncu geldi gitti. Sonunda kadrosunu tamamladı, provalar başladı. Sezona yetişmek için gece gündüz çalışıyorlardı. Nadir verilen aralarda bizim yanımızdaki duvara oturup çay içiyor, şamata yapıyorlardı. İşte Akusta, o çay molalarında hemen dikkatimizi çekti. Aynı anda o da bizi fark etti. Biz saçlar uzun, havalı havalı takılan tiplerdik, o ise kara yağız bir Yörük.

"Merhaba, kolay gelsin."

"İyi provalar, size de kolay gelsin."

Başlarda muhabbetimiz bu kadardı. Hayatımda gördüğüm en hiperaktif ve zeki adamlardan olan Akusta'nın, kendi aralarında yaptıkları mavralarda patlattığı esprilere kulak kabartıp kahkahalara boğulunca gelişti. İlk pası o attı: "Siz niye böylesiniz ya?"

Tezgâh arkadaşım Doktor'la birbirimize baktık, söyleyecek bir şey bulamadık. Biz orta sahada top çevirirken, aramıza girip topu çalarak bir pas daha attı: "Türkü dinliyor musunuz mesela?" Hah, şimdi baltayı taşa vurmuştu işte. Çünkü Doktor'un lakabı müzik bilgisi yüzünden konulmuştu. O andan itibaren, molalarda bizim yanımızda oturdu ve bir çay manyağı olduğu için tiyatronun haşlama çaylarından değil, bizim Hacı'yla Salim'in nefis çaylarından içmeye başladı.

Akusta yanlış hatırlamıyorsam, Ermenek'te babasının çalıştığı devlet üretim çiftliklerinden birinde büyümüş. Yine yanlış hatırlamıyorsam askerden sonra Ankara'ya gidip bir şekilde tiyatroya bulaşmış. Önce çocuk oyunlarında oynamış, sonra da devrimci oyunlarda. Epey turne yapmış. Sonra da ani bir kararla İstanbul'a gelmiş. İyi ki de gelmiş, yoksa tanışamayacaktık. Birbirimizin evlerine gidip geliyor, elde avuçta ne varsa toparlayıp yemekler yapıyor, şahane sohbetler ediyorduk.

Akusta'nın efsane evinden bahsetmem lazım. Elmadağ'da daracık bir binanın en üst katı. Daracık olması yetmemiş, kendisi de aynı tiyatroda oyuncu olan ev sahibi, daireyi ikiye bölmüş. Yani ev dediğimiz 15 metrekarelik bir oda aslında. Akusta'nın sevdiği dekorasyon itibarıyla ancak bir evin şark köşesi olabilir... Yalnız abartmadan söylüyorum, o "sığınak"ta, bazı akşamlar sekiz-dokuz kişi birikirdik. Akusta özene bezene çayı demler, bir tencere de menemeni koyardı önümüze. Laf lafı açar, vakit ilerler, Akusta bu sefer derme çatma yastıklar, sünger parçaları, kilimler marifetiyle bize yatacak yer hazırlardı.

Bir gün zabıta ekipleri, kamyonetlerle Tezgah'a yanaştı ve bütün kitaplarımızı topladı. Üstüne evden de çıkarıldık mı! Öyle kaldık ortada. Doktor'la, "N'apıcaz ulan şimdi," diye düşünürken, Akusta elinde iki anahtarla geldi, birini bana, birini de Doktor'a verdi ve, "Benim evim sizin eviniz," dedi. "Abi, olur mu, göt kadar yer, hem özel hayat falan." "Başlatmayın şimdi özeli mözeli... Olan olmayanla paylaşacak her şeyini. Yârin yanağından gayrı... Çaresine bakarız sonra birlikte..." Ağlasak mı gülsek mi bilemedik, sarıldık birbirimize...

Tabii Doktor'la ben işin bokunu çıkardık. İki sene kaldık Akusta'nın malikânesinde. Ama ne iki seneydi! Çocuklarına bakan cefakâr bir anne gibi baktı bize Akusta. Çok eğlendik, çok ağladık, çok güzel şeyler yaşadık orada. Arada Doktor'a da, bana da işler geliyordu, geliyordu da beğenmiyorduk hiçbirini. Bazen fırça kayıyordu bize inceden, o zaman kabul ediyorduk birtakım dandik işleri.

Gerçekleşmeyen o kadar çok hayal kurduk ki o evde. Sayısız, sınırsız... Hep, "Kendi hikâyelerimizi anlatalım, gerçekleri, bizim gibi yaşayanları da anlatmak lazım," diyorduk. Heyecanla aklımıza gelenleri anlatıp artık uykuya doğru geçerken, Akusta meşhur sözünü söylerdi: "Oğlum, bu evin bir tane penceresi var, o da duvara bakıyor. Kurduğumuz hayaller de pencereden dışarı çıkamıyor, aha şu duvara toslayıp geri geliyor."

20 yıl olmuş tanışalı ihtiyarla. Bu sene 50 yaşına girecek. Hiçbir şey için geç değil. Konuştuklarımızın çoğu aklımda, yaşadıklarımız kafamda kazılı. Bir yerden çıkıverirler piyasaya...

Bir tanesini patlatayım mesela...

Akusta da, ben de faal politikaya takılmadık hiç. O, biraz Ortaköy Kültür Merkezi çevresine takıldı, devrimci tiyatro ya da sinema işini nasıl kotarırız diye, ben de meraktan Kuruçeşme Toplantıları'na katıldım. Mehmet Ali Aybar'ın "güler yüzlü sosyalizm" fikrini kurcalıyordum o aralar... Hep tartışırdık bunları. Yolsuz kaldığımız günlerde Teşvikiye'deki Yazarların Evi'ne gider, orada yemek yerken tartışanları dinlerdik. Akusta Çağdaş Sinema Oyuncuları Derneği (ÇASOD) üyesiydi aynı zamanda ve orada da birtakım tartışmaları dinlerdi.

Bir kez daha 1 Mayıs geldi çattı. 1 Mayıs 1996... Sendikalar, Kadıköy'de karar kıldı. Gazi Mahallesi olayları toplumsal muhalefeti canlandırmıştı. Büyük katılım bekleniyordu. Artık cenazelerde yan yana gelmekten usanmış insanlar, bayram kutlamak istiyordu. Akusta'yla saniye düşünmedik, gitmeye karar verdik. Üstüne Müjdat Gezen Sanat Merkezi'nden arkadaşlar, "Okulda akşam, 1 Mayıs balosu var, sonra gelin takılırız," dediler. Oh ne âlâ...

Vapura bindik, geçtik karşıya. ÇASOD kortejini arıyoruz. O zaman cep telefonu yok, haberleşemiyoruz kimseyle. Önce alana baktık, birkaç sendika girmiş, marşlar çalıyor, kimi örgütler de alanın büyük bölümünü ipler vasıtasıyla parsellemiş. Kendileri yok ama 13-14 yaşında yüzleri kapalı, elleri sopalı çocuklara bekçilik yaptırıyorlar. Alana giriş çok ağır ilerliyor. Geriye doğru yürüyüp ÇASOD'cuları bulmaya karar verdik. Yürü babam yürü, güneş tepemizde. Bir sürü siyasetin yanından geçiyoruz. Arada bana laf atıyolar. E saçlar uzun, koca küpeler kulağımda, bir de İtalya'dan bir arkadaşımın getirdiği şahane bir Jim Morrison tişörtü var üzerimde. Bu kafayı daha önceden biliyordum. Devlet Tiyatrosu'nda çalışırken, hızlı abilerden biri takılırdı bana, "Ulan, uzun saçlı komünist olur mu?" diye.

Neredeyse Hasanpaşa'ya kadar geldik. Hâlâ yok aradıklarımız. O da ne! Acıbadem tarafından bir ordu geliyor. Bildiğin ordu... Tek tip üniformaları, uygun adımları, düzenli sıralarıyla bir ordu. "Yürüyüş kararı sayılacak, say" hesabı inletiyorlar ortalığı. Karmaşık hisler içinde yürümeye devam ederken, Fenerbahçe Stadı'nın yakınında bulduk bizimkileri. Menderes Abi'yi gördüğüme hiç bu kadar sevinmemiştim. Onlar da bunalmış, elden ele sular dolaşıyor.

"İki saattir buradayız, bir adım ilerlemedik."

"Abi, bir saattir de sizi arıyoruz biz."

"Ulan haytalar, toplanma yerine niye gelmediniz?"

"Uyuyakaldık."

"Tamam lan, geçin şöyle..."

ÇASOD tam kadro orada. Meşhurları görenler geliyor, "İyi ki buradasınız, halkın yanındasınız," diye sarılıyorlar oyunculara. Birden bir haber patlıyor kalabalığın arasında. "Polis, üç genci öldürdü..." E, tabii kulaktan kulağa sayı gittikçe artıyor. Kalabalık artık bir an önce alana girmek istiyor. İş bu ya, o an ilerlemeye başlıyor kortej, sanki musluğu açmışsın gibi. Herkes provokasyon olduğundan emin. Zaten sonra polislerin itiraflarıyla kanıtlandı. Aramızda 77'de Taksim'de olanlar var. "Aynı senaryo, dikkat edin," diye uyarıyorlar. Kimsede geri vites yok. O meydana girilecek.

"La kıro, ne işin var senin burda?"

Arkamızdaki ÖDP Üsküdar'dan bana sesleniyor biri. Yan yana tezgâh açtığımız Diyarbakırlı Mithat Abi. Küçük oğlu yine omzunda, elinde bayrak, kafasında mendil ıslatılarak yapılmış güneş kalkanı ama bitmiş çocuk. Akusta, "Yav Mithat, çocuğu niye getirdin? Bak ortalık karışıyormuş," diyor. Mithat Abi'den cevap: "Alışsın abisi."

Saat 16.30-17.00 gibi giriyoruz meydana. Konuşmalar devam ediyor, şiirler okunuyor, şarkılar falan derken, maskeli birileri kürsüyü işgal ediyor. "Bugün üç yoldaşımızı şehit etti polis," diye ajitatif bir konuşma başlıyor. Ortalık karışacak belli, işin tadı kaçıyor. Mendo, "Gelin, şu iskelenin orada çay içelim, ortalık yatışsın biraz," diyor. Oturuyoruz, çaylar geliyor, daha bir yudum almışken patlıyor ortalık. Polis, yalın cop dalıyor herkese. Çocuklar var; anneler bağırıyor; polis, "Yunan"ı denize dökecek, kararlı! Sahilde bekleyen motorlara kaçışanlar mı istersin, denize atlayanlar mı, tuhaf bir durum. Çocuklar ezilmesin diye büfenin çatısına çıkartıyoruz. Bizim olduğumuz yerde bir-iki dakika sürüyor arbede. Birkaç cop darbesiyle yırtıyoruz. Uğraşacakları o kadar çok insan var ki, başka tarafa gidiyorlar. Akusta'ya bakıyorum, nasıl diye. Çayından bir yudum alıyor, "Sen birer çay daha söyle, bunlar mundar oldu," diyor... O arbede esnasında bırakmamış bardağı elinden.

Ortalık biraz durulunca, Ziverbey'e Müjdat Gezen Sanat Merkezi'nin 1 Mayıs balosuna doğru yol alıyoruz. Vardığımızda ordakilerin bakışlarından biz de bir gariplik olduğunu anlıyoruz. Canbaz Rıza, "Oğlum, ne bu haliniz?" diye soruyor. İlk defa birbirimize dikkatli bakıyoruz. Akusta'nın tişörtü yırtılmış, bense pancar gibi yanmışım. Koyveriyoruz kahkahayı... Kırmızı Tuborg'lar geliyor, etrafımızda savaştan gelen kahramanları dinlemek için bir çember oluşuyor. Biraz abartarak anlatıyoruz olanları. Benim kafa üçüncüden sonra kıyak oluyor, Akusta da fena değil. Bir süre sonra balo için giyinmiş, süslenmiş kızlarla göz göze gelmeye başlıyoruz. "Tuvalet nerede?" diye soruyorum, Akusta "Dur, ben de geliyorum," diyor. Yan yana pisuvara işerken yine kahkaha komasına giriyoruz. "Aşk örgütlenmektir Akusta, görevimiz daha bitmedi," diyorum. Geri döndüğümüzde zaten paylaşılmışız. Güzel bir 1 Mayıs gecesi geçiriyoruz...

Sabah kalktığımızda Tezgah'ta buluşuyoruz. Aynı Gezi'de olduğu gibi, çiçeklere sopayla vuran kız, eylemcilerin arasında kalan sivil polis, bankaların camlarını kıranlar var gazetelerde, televizyonlarda. Hedef gözeterek öldürülen çocuklar yok.

Hadi Çaman, "Ya sana da bir şey olsaydı, n'apardım

ben? Bir sürü yer bağladım turne için, bu ne sorumsuzluk!" gibisinden çıkıştı Akusta'ya. Bizimki cevabı yapıştırdı:

"Ben insanlığımdan sorumluyum önce, mesleğim sonra gelir. Ayrıca merak etme, korudum kendimi, elimdeki çay bardağı bile kırılmadı."

Tabutta Rövaşata'nın en sevdiğimiz repliğini söyledik yıllarca birbirimize: "Ama arkadaşlar iyidir..."

"Şimdiye kadar bana
yol gösterenlerden
öğrendiğim
en önemli şeyi
paylaşayım:
Hayat kısa, sanat
uzun, zaman
geçirme, zamanını
değerlendir,
hayatının anlamı
olsun."

ASKERLİK

Madem "ergen edebiyatı" denilen sularda yüzüyoruz, askerlik anısı eksik kalmasın...

Elimden geleni yaptım askere gitmemek için, ne yalan söyleyeyim. Alnımın yazısıymış herhalde, Tuzla Piyade Okulu'nda buldum kendimi. Astek (asteğmen) olmamak için çevirdiğim numaralar tuttu. Kısa dönem oldum sınavdan sonra. "Mart kapıdan baktırır, kazma kürek yaktırır" soğuğunda, memleketin hangi köşesine gideceğimiz okunuyor. İzmir, İstanbul, Ankara falan. "Necat İşler, Malatya, Fevzi Çakmak Kışlası, Muhabere Taburu..." Okuyan subay bile üzüldü neredeyse.

Sonradan öğrendim, arızaların gönderildiği yer. "Zoraki" rehabilitasyon merkezi. Benim arıza, Kuruçeşme Toplantıları'ndan... Diğerleri 28 Şubat mağduru üniversite mezunu arkadaşlar. Tuzla'daki sınav günlerinde tanış olduğum tazeler, cüzamlıymışım gibi davranıyor bana. Kantinde herkes, çay çorba ısmarlıyor. "Çok uzak, fazla yakın" hesabı, en uzak bildiğim taşra Ankara. Zoraki hizmete uğramamışım o âna dek. Gözyaşlarıyla süslü bir Harem Otogarı gecesi, Malatya otobüsünün camından, sanki Kız Kulesi'ne son kez bakıyorum...

Birliğe teslim 17.00'de. Erken gelmişim, tanımadığım yer... Tanıdık sima da mevcut gerçi... Sinema tabii ki. Gani Rüzgar Şavata'nın *Drejan* filmi oynuyor. İşe bak, Malatyalı bir aşirette geçiyor hikâye. Bu konularda şanslıyımdır hep, yabancı olduğum mevzuların kullanma kılavuzu, prospektüsü ayağıma gelir. Tek başıma bakıyorum perdeye. Kafamda kâbuslar kuruyorum, teslim olmadan, üniversitelilerin takıldığı mekânda votkaya kayıp kurbanlık koyun gibi birliğe teslim oluyorum.

Koğuş mevcudu 120 kelle. Elbiseler yazlık. Malatya soğuk. Kısa dönemler korkulu, uzun dönemler mutedil dalgalı, koğuşun ağaları, arazide çatışmış çocuklar. 5'e 4'lerin terhisi gelmiş. Benim diplomaya uyanan rütbeliler, çocuklara okumuş tiyatro mezunu olduğumu. Gece düzenlenecek, tertip komitesi tek başıma benim. Sağ olsunlar, ücretimi sıvıyla ödeyip kuruyla arazi hikâyelerini anlatıyorlar. Ben de meslek sayesinde havalı bir başlangıç yapıyorum askerlik hayatıma. Yalnız, çok soğuk ulan!

Şahane bir üsteğmen var bizden sorumlu. Geçen yıl konuştum, bordo bereli yarbay olmuş. Spora bayılıyor, yakın dövüşte iyi, voleybolda kışlayı, basketbolda 2. Ordu'yu sallıyoruz. Futbolda da Yahya Uzman'a teslimiz. Duran toplar bende, övünmek gibi olmasın, abiyi gol kralı yapıyorum. Kısa dönem işi kıyak, 21 gün sonra onbaşı, iki ay sonra çavuş oluyoruz. Keyfimiz gıcır. Üsteğmen Avrupa'dan tanış çıkıyor, kendisi Çorlulu, benim eniştenin yakını. Çay ocağı çavuşu oluyorum...

Soğuktan yırttım neyse. İçtimalara çıkmıyorum,

spor, istersem var. Ancak "üç köşe teşkili" mecbur. Sana zimmetli bir G-3 tüfeğin var, namusun... 25 metreye gidiyoruz. Kaya diye bir arkadaşla, atış yapmayı reddediyoruz. Kaya, harbi sufi bir herif, Konyalı. Ben de, "Ateşli silahlara alerjim var," diyorum. Komutan, müstehzi, "Hay hay," diyor, mermi kovanlarını ekmek kasasına toplama görevi veriyor. Gayet mutlu, arkadaşlarımızın kovanlarını topluyoruz. Herkesin atışları bitince komutan, "Kalan mermilerin hepsini siz atacaksınız," diyor. Kaya'yla içimize akan gözyaşları eşliğinde, en az 20'şer atıyoruz. Rütbelilerin atışlarına da eşlik ediyoruz. G-3, Keleş, Sig Sauer, falan filan...

Akşam çay ocağını kapatırken, Roxy'nin, "kapatıyoruz" şarkısını söylüyorum, Cenk geliyor. İstanbul'dan ortak tanıdıklarımız çıkıyor, bırak İstanbul'u, çölde bir tanış çıkıyor. Sonra Bursalı Selçuk geliyor, üçlü bir çete oluyoruz. En acayip eylemimizi, er maaşlarıyla aldığımız, kırmızı noktalı hafta sonu filmleri yayınlayan Cine 5'te, *Trainspotting* filmini seyrettikten sonra yapıyoruz. Pozisyonum itibarıyla rahatça çıktığım "çarşı" izninden, bir sürü "bebe cevizi", namıdiğer, "muskat"la geliyorum. Azı, bebeği uyutur, yemeklere tat verir. Çoğu, başınızı belaya sokar. Epeyce rendeleyip *Trainspotting* seyrediyoruz sabaha karşı. Sabah ayıldığımızda, Malatya Çarşı'da berbere gidip Ewan Mc Gregor gibi, sıfır numaraya vurduruyoruz saçları. Çarşıdaki asker lokantasında da tütsülüyoruz kafayı. Nizamiye'deki nöbetçi rütbeli, bizi görünce komutanını arıyor. Bereket, bizim üsteğmen nöbetçi. "Lan!" diyor, "Askerdesiniz, kuralları var buranın. Tek kişi yapsanız tamam, üçünüz birden isyana giriyor, siktirin gidin..."

Berbat şeyleri anlatmayı sevmiyorum. Bir gecede deliren de gördüm, katil de, maktul de. Değil görmek, kadın sesi duymak için bile, sıhhiye çavuşuna, "Hastane izni ver," diye yalvarmışlığım var. Hastane yakın, helikopterler habire yaralı taşıyor. Kan revan içinde tek düşündüğüm şu oluyor: "Yanlış biliyorlar. Askeriye, bu memlekette mantığın tek işlediği yer."

BİR OTOSTOP HİKÂYESİ

"Thelma ve Louise"

1996 yılının Haziran'ında Marguerite Duras'nın *Ölüm Hastalığı* isimli hikâyesinden, tek kişilik bir oyun uyarladım. Hızlıca provaya girdim. Yakın bir arkadaşım da bana yardım ediyor. Hemen her gün beraberiz. Beleşe girebildiğimiz salonlarda kurduk sahneyi. Fransız Kültür'de, Hadi Çaman Tiyatrosu'nda ve Martı Sanat'ta oynadık. Güzel geçti, para kazandık, çok mutluyduk. Dedim: "Oğlum hadi, otostopla Güney'e inelim."

Önce Olympos'a gittik. Orada arkadaşlarla karşılaştık. Müthiş romantik bir ortam var ama bekâr olduğumuz için, öyle pek romantizm peşinde değiliz. Nokta atışı arıyoruz. O yüzden biraz sıkıldık. Bir gece orada kalıp Kaş'a indik.

Kaş da pek iç açıcı değildi. Arkadaşlarla birkaç hoşbeşten sonra, bir sabah kendimizi, şimdiki yeni limanın orda otostop çekerken bulduk. Beş-on dakika geçmeden, beyaz spor bir Honda geçti önümüzden. İçinde iki kız var. "Hassiktir," dedim ya! "Otostopçunun rüyası" geçti gitti önümüzden. Ahlayıp vahlarken, Honda'nın stop ışıkları yandı önce, sonra

sola sinyal ve U dönüşü. Thelma ve Louise önümüzde durdular.

"Nereye?"

"Kafamıza göre..."

"Biz de... Atlayın."

Sırt çantalarımızı bagaja zar zor sığdırarak yola çıktık. Şoför mahallindeki Thelma, yolu çok iyi bilmediğini bahane ederek beni yanına oturttu. Eşleşmenin raconunu kesti yani. Kızlar 19-20 yaşlarında... Yalnız, bir özgüven sorma gitsin. Ankara'nın kalburüstü ailelerinin çocukları. Lise bitmiş, yurtdışında üniversite okunacak. En afilisinden hem de. Atmışlar kolej keplerini havaya, binmişler arabaya, Antalya'dan başlamışlar. Böyle tiplere Teşvikiye'den alışığım, ancak bu Thelma bir acayip. Louise'se, benim arıza arkadaşımla daha onuncu dakikada tartışmaya başladı. Neyse, ben Thelma'yla yola bakıyorum, müzikler güzel. Önce Kaputaş, sonra Patara, geceki durak Ölüdeniz...

Ölüdeniz'de, denizin ölü tarafında bir kampingde iki oda tuttuk. Yan yana tabii. Kızlar birinde, "Huysuz Şirin"le ben de diğerinde. Thelma ve ben, yerleşme esnasında, arkadaşlarımıza, sakin olmalarını, keyfimizin güzel olduğunu, arıza çıkarmamalarını söylüyoruz. İki taraftan da duyuluyor her şey. Louise bağırıyor yan odadan, "Yeteeer, açım ben!" Kalk borusu çalmış gibi, kapıların önündeyiz.

Kampingin sahibi kalender bir adam. Genelde yabancılarla ilgileniyor. Bir ara bizi fark ediyor, yanımıza gelip her şeyin yolunda olup olmadığını soruyor. Yemeklerimiz bitmiş, bir şişe şarap ve peynir tabağı ısmarlıyor. Şahane bir muhabbet dönüyor, masaya gelen gidenler, şarkı söyleyenler, manitacılıklar gırla. Bu arada, Thelma'yla iyice yakınlaşıyoruz. İngilizler bize şarkılar söyleyip habire içki ısmarlıyorlar. Thelma kulağıma, "Denize girelim," diyor. Kucaklayıp götürüyorum.

Suya yakınlaştıkça, üzerimizde ne var, ne yok çıkarıyoruz. Herkesin keyfi yerinde, eğleniliyor. Bizim arızaların da arası ısınmış. Ateşle barut suya direnmekten vazgeçiyor, Thelma beni alıyor.

Makarayı abarttık herhalde, sahilden sinirli ve sarhoş bir bağırtı duyuldu. Şikâyetçi bir halde homurdanan biri var. Çok ses geldiği için müşteriler rahatsız oluyormuş. Ben hemen turist ayağına yattım, bizimkiler de oyuna katıldı. Adama çok üzgün olduğumuzu, kendisi gittikten sonra, sudan çıkacağımızı söyledim. Gitmedi. Tekrar söyledim, yine gitmedi. Artık dayanamadım, suyun vücudumda kapatacağı bir yer kalmayana kadar yürüdüm. "Çıplağız lan, siktir git işte!" diye bağırdım. Adam gitti, kampingin sahibi sabah olunca kibarca kovdu bizi.

Sağ olsun, kahvaltımızı ısmarladı, gidebileceğimiz yerler tavsiye etti. Ne yapalım falan derken Marmaris'e gidelim dedik. Vurduk yola. Marmaris'e girdikten birkaç saat sonra, büyük bir orman yangını çıktı. Dışarıda anonslar yapılıyor, dedikodular uçuşuyor. Geceden yorgun olduğumuzu bahane ederek odalara çekildik.

Eski bir Marmaris evi. Çok güzel renöve edilmiş. Her şey bembeyaz. Klima yok, olsun, camları açarız. Sevişirken, "Bak, siyah kar yağıyor," dedi. Yangının külleri açık pencereden girip odada acayip bir atmosfer oluşturmuş.

Birden dönüp, "Benimle evlenir misin?" dedi. Hayatımda aldığım ilk evlenme teklifiydi. Çok düşünmeden, "Saçmalama, çok genciz," dedim. Israr etmedi, birbirimize sarılıp uyuduk.

Ertesi gün yola çıktık. Bizimkiler durmadan itişiyor. Benim eleman bana yalvararak bakmaya başladı. Çünkü kendisi durumdan hiç memnun değil ama benim keyfim acayip yerinde. Bir yandan da paralar suyunu çekmiş bizim. Uyku tulumunda kalmamız gerekirken, otellerde kalıyoruz, havalı yemekler yiyoruz. Thelma'ya açıldım. "Tamam," dedi, "Bodrum'da bizim tanıdıklar var, istediğimiz kadar yer, içer, kalırız, sonra herkes yoluna." "Eyvallah," dedim. Bodrum'a geldik, bir otelin önünde durduk. Biz arabanın yanında sigara içip volta atarken, kızların resepsiyonda pazarlık yaptıklarını gördüm, içimdeki "Anadolu erkeği" şaha geldi. Kızlar dışarı çıkınca, Thelma'yı çektim, her şey için minnettar olduğumuzu, ancak böyle gitmeyeceğini söyledim. "Tamam," dedi, "zaten Louise'in annesi aradı, yarın akşam İzmir'de olmamız lazım." O an mı uydurdu bilmiyorum, inandım. Sabah Denizciler Kahvesi'nde kahvaltıya sözleştik, onlar otele, biz meçhule doğru koptuk birbirimizden.

Gece, barlar sokağında karşılaşırız, gevşeyip beraber uyuruz demiştim ama olmadı öyle bir şey. Liman meydanındaki turizm danışmanın avlusunda kıvrıldık uyku tulumuna. Gürültü ve sivrisinek hücumları yüzünden sabahı dar ettik. Kalkınca, Denizciler Kahvesi'nde buluştuk. Pek konuşulmadı. Hareket vakti geldi, arabaya yerleşildi. Bizim bir acelemiz yoktu İstanbul'a gitmek için. Söke Kavşağı'nda, Kuşadası otostopu yapacağımızı söyledik, "Nasıl isterseniz," dedi Thelma. Kadın cool'luktan ölecek.

Ayrılma vakti geldi. Adresler alındı –mektup için– olası telefonlar. Öpüşüldü, eller suratlarda gezindi, "Hadi Louise, geç kalıyoruz," deyip gaza bastı Thelma.

Yaz bitimine doğru Tezgah'a biri not bırakmış: "İstanbul'dayız, Akşam Kemancı'ya gelsenize. Thelma ve Louise." Her akşamki adresimiz, gittik tabii. Biraz soğuk başlayan muhabbeti açmak için, arka arkaya "shot"lar yapıldı. Kendime bir geldim, The Marmara'dayım. Sevmedim bu durumu. "Servet düşmanı" damarım kabardı. Kadir İnanır özentisi hareketlerle, kızı uyandırdım, giydirdim, bir bira içirdim kendine gelsin diye, taksiye attığım gibi Topağacı'nda kaldığımız eve götürdüm. Lan, gecekondu mahallesi değil ki burası, neyin giderini yapıyorsun. Yere atılmış bir şiltede uyuduk. Uyku arasında kulağıma, "Benimle Paris'e gel," dedi. Kendime çok güvenerek, "Belki sonra," dedim. Gitti. Mektuplaştık bir süre. Sonra o da kesildi.

"Belki... Başka bir zamanda, başka bir mekânda olsaydık belki," diye düşündüğüm çok oldu.

"Atının çatladığı yere evini yap, dinlen. Kalmak istiyosan kal, gitmek istiyosan yeni bir at al ve bu böyle devam etsin. Gitmek istediğin kadar."

ERKEN DÖNEM İŞ HAYATI DENEMELERİ

Daha Özal piyasada yokken, daha doğrusu ortada "serbest" piyasa yokken, hür teşebbüs denen şeyin, hayatımıza bu denli yön vereceğine uyanmıştım bir şekilde. "Şaaans, kadeeer, kısmeeet, talihine 25 kuruş" adlı talih oyunuyla başladım işe.

İki çeşidi vardır bu oyunun. Bakkaldan, en büyük ikramiyesi koca bir çikolata olan seyyar bir vitrin ve kazınmaya hazır yuvarlak delikli çarkıfelek seti alırsın, 25 kuruşa kazıtır, maliyetin üstüne çıkmaya çalışırsın. Genelde bu yöntemle bakkal kazanır, zira o iğrenç çikolatayı başkasına yâr etmez kendin yersin, yani sermayeyi yemiş olursun.

Benim tercih ettiğim ikinci yöntemse tamamen öz kaynaklara dayalıdır. *Teksas-Tommiks*'leri, futbolcu resmi çıkan gazoz kapaklarını, Almanya'dan gelmiş oyuncak arabaları, *Yaman* dergilerini, misketleri, kaflikleri, "çivi" oyunu için hazırlanmış aletleri koyarsın bir kutuya, kafandaki ve çevredeki değerine göre sıralandırıp numaralandırırsın. Sonra, bu numaraları küçük kâğıtlara yazıp kıvırır, annenin kullanıp bitirdiği Nivea kutusunun içine atarsın. Kutuyu sallayarak ve yukarıdaki mâniyi söyleyerek dolanırsın. Öz kaynaklar eriyene kadar böyle gider bu fakat bir bisiklet alacak paraya asla ulaşamazsın.

Baharda, dedem girerdi devreye. Güzelim bahçesinde aşılayarak yarattığı gülleri boş yağ tenekelerine aktarır, evimizin sokak kapısı önünde bir tezgâh ayarlar ve benimle "satıştan komisyon" anlaşması yapardı. Bu sektör de pek umut vermezdi bana. Herkesin bahçesi, herkesin bahçesinde de iddialı gülleri vardı zaten. Birkaç komşu, benim çabama acıdığından alırdı, o kadar.

Başka pazarlara açılmam lazımdı. Bunun için, dedemin yardımıyla, garanti iş yapan yerel biriyle anlaştım. Defterdar sahilindeki Gazeteci Mehmet Amca'yla. Sabah 05.00 gibi kalkıp karanlıkta yanına gider, benim gibi yedi-sekiz çocukla beraber, gazete kalıbı ve pantolon kemerinden oluşan tezgâhlarımızı sırtlanır, Mehmet Amca'nın, sıcacık gazeteleri aramızda taksim etmesini beklerdik. En çok *Hürriyet* gazetesi isterdik çünkü hem kolay satılır hem de manşetleri rahat bağırılırdı. Mehmet Amca bize bölgelerimizi söyler, bağırılacak manşetleri tembihler, sırtımıza vurup "rasgele" diye yolcu ederdi hepimizi.

Ben hemen eve gider, annemin hazırladığı kahvaltıyı yerken, kırıştırmadan bütün gazeteleri karıştırır, alternatif manşetler bulurdum bağırmak için. Önce, çoğu komşu ve akraba olan devamlı müşterileri dolaşırdım. Sonra otobüs durağına ve Feshane Fabrikası girişine giderdim. Kalan gazete varsa hâlâ, çevre sokaklarda avazım çıktığı kadar bağırarak gezer, bir yandan da herkese saati sorardım. Saat 08.00 olduğunda,

Mehmet Amca'nın yanına gider, sayım yapar, paramı alırdım. Koşarak eve gelirdim sonra. Annemin giysi dolabına sakladığım kavanoza paraları koyar, hızla önlüğümü giyer, çantamı alır, okula yetişirdim.

Bu iş de yorucu gelmeye başladı bana bir süre sonra. Bir de kavanozun güvenliğinden şüphelenmiştim. Bıraktım. Kötü karar... Ben bıraktıktan sonra, dönemin erotik gazeteleri *Tan* ve *Bulvar* çıktı piyasaya. "İş arkadaşlarım" güzel paralar kazandı.

Köşedeki manavın kesekâğıdı aldığını duyduğumda, evde resmen bir atölye kurdum. Önce kesekâğıdının nasıl yapıldığını, sonra da nasıl ucuza mal edeceğimi öğrendim. Dedem sağ olsun, okuduğu *Tercüman* gazetelerini atmaz. Bayağı bir gazete yığını vardı müştemilatta. Reçineli ağaçlardan yapıştırıcı yapmayı da öğrendim. Ellerim kanayana kadar reçine topluyorum. Kuzenim Burak da katıldı bana. Bir yandan reçineleri kaynatıp şişeliyoruz, bir yandan da dedeme çaktırmadan gazetelerini ufak partiler halinde araklıyoruz. Keyfimiz gıcır. Şirket bile kurduk ad ve soyadlarımızın kısaltmasıyla: NE-BU-İŞ... Dedem gazetelerin eksikliğini fark etti tabii bir süre sonra, "Ne bu iş?" diye sordu. Anlattık, Nuh dedi peygamber demedi, izin vermedi. Son kalan yapıştırıcılarla defter kitaplarımızı kapladık, okula devam...

Bir süre, "din ticareti"ne de takıldım. Berat kandillerinde "vekil" olarak yüzlerce rekat namaz kıldım. En kısa dualarla, hızlıca rekatları deviriyor, bunun karşılığında cömert bir "gönlünden ne koparsa" alıyordum. Senede bir, ikramiye gibi bir şey...

14 yaşımda, artık Özalizm memlekete iyice çök-

müşken, gerçek bir işte çalışmaya karar verdim. Uzaktan bir akrabamızın Osmanbey'deki konfeksiyon mağazasında çalışmaya başladım. Sabah gidip hem mağazayı hem depoyu temizliyor, öğlen sıcağından itibaren ise Bomonti'deki atölyeden depomuza yeni çıkan malları taşıyordum. Ütüden yeni çıkmış 50 pantolon bir omzumda, 50 pantolon diğerinde, kalabalıkların arasından düşe kalka dükkâna varmaya çalışıyordum. Ceket taşımayı daha çok seviyordum. Hem daha kolaydı hem de komik bir görüntüm oluyordu. Üzerime giyer gibi yaptığım 50 ceketle yeşil dev gibi görünürdüm mağaza camlarında. Eşek gibi çalıştığım için, kısa zamanda zam aldım. Bu durum eski çalışanları rahatsız etti. Radyodan "Big in Japan" çalarken gazoz içip dans ettiğim arkadaşlarım, birden beni yalnız bırakmaya başladı.

Yine depoda yalnız bir günümde, hışımla açılan kapıdan içeri Tecavüzcü Coşkun girdi. Ben kelimeişahadet getirirken, o taşraya gidecek sipariş kolilerini parçalıyor, "Nerede ulan benim mallarım, nerede?" diye bağırıyordu. Sakinledikten sonra bir soda istedi, benim kim olduğumu sordu. "Patronun olacak pezevenge söyle mallarımı teslim etsin," dedi, gitti. Tecavüzcü Coşkun, kolilerde aranan mallar, kafamda acayip narkotik sorular. Sonradan anlaşıldı, adamın Gazi Sineması pasajında erkek giyim mağazası varmış, siparişini geciktirmişiz. Bir bayram arifesi, ikramiyemi alıp işi bıraktım.

Komşumuz bakkal Yusuf Amca, yaşlandığından herhalde, dükkânı kapatmaya karar verdi. Damadı bir yayınevinde çalışıyor. Kısa sürede dükkân, kitap-kırtasiye dükkânı oldu. Damat gündüz işte, eşi çocuklarına bakıyor. Tabii ki tek kişilik istihdamın tek adayı benim. Rüya gibi bir iş. Dükkân bana şekerci gibi geliyor. Üstüne üstlük, en iyi müşterilerim, karşımdaki kız meslek lisesi öğrencileri. Anadolu lisesinde okuduğum duyulunca, teneffüsleri 20 kızla geçiriyorum dükkânda. Okula gittiğim zamanlarda da küçük bir tezgâh yapıyorum Bond çantamın içine. Özellikle sınavlarda, eksikler benim sayemde gideriliyor. Her türlü mutluyum işten. Yalnız okulu asmaya başlıyorum hafiften, annem işe uyanıyor, rüyanın bitmesine karar veriyor.

Okulun yakınlarında bir iş olabilir mi? Sultanahmet'teki Arasta Çarşısı'nda, halıcı bir tanıdık çıkıyor. "Dil biliyormuşsun, istediğin zaman gel, prim hesabı başla," diyor. "Hanutçuluk yap," diyor yani. Turistlerle arkadaş oluyorsun, bir şekilde dükkâna getiriyor, iyisinden kötüsünden bir halı çakmaya çalışıyorsun. Biriki deniyorum, arkadaş olmaktan öteye geçemiyorum turistlerle, içim istemiyor onları dükkâna götürmek. Zaten benim muhabbet ettiklerim gezgin öğrenciler. Diğer hanutçular beni görünce, "Necooo, bıkmadın şu bitli turislere çay ısmarlamaktan," diye dalga geçiyor. Fazla dayanamıyorum, bırakıyorum.

Bir süre de okul kitapları satarak buluyorum yolumu. Kitaplar Almanya'dan geldiği için pahalı. Küçük bir çete kuruyoruz. Bir üst sınıfa geçenlerin artık ihtiyaç duymayacağı kitaplarını üç otuz paraya alıp ihtiyacı olan alt sınıflara satıyoruz yarı fiyatına. Müdüriyet uyanıyor işe, dümenimizi bozuyor.

Üniversite sınavı geldi çattı ve akabinde geldi çaktı. Açıkta kalıyorum. Evdekiler huzursuz. Ders ça-

lışmayı hiç çekmiyor canım. Gazete ilanlarından iş buluyorum. Mülakata gidiyorum, işi alıyorum. Artık sigortalı bir işçiyim. Aksaray'da Benetton'un fabrika satış mağazasında çalışmaya başlıyorum. Rumenler, Araplar, İranlılar ve bilumum turistle ben ilgileniyorum. Bir yere kadar zevkli bir iş; fakat hırslı mağaza müdiresinin habire yaptığı toplantılardan gına geliyor, üç ay sonra basıyorum istifayı.

Ana Britannica pazarlaması moda oluyor. Gazete ilanlarında öyle güzel paralar vaat ediyorlar ki, hemen kanıyorum. Koca bir çanta veriyorlar elime, bazı lokasyonlara yönlendiriyorlar. Deniz otobüsü iskelelerinde, sinema fuayelerinde stant açıyorum. Prensip şu: Biraz ilgilenen birini yakaladığında, hemen iyi bir sunum için randevu iste. Ev, iş, neredeyse oraya gidiyorsun. İlk randevumda, evine gittiğim orta yaşlı kadın, kapıyı içini gösteren bir sabahlıkla açınca arkama bakmadan kaçıyorum.

Figürasyon, tiyatro işleriyle uğraştığımı bilen bir arkadaşım, bir film şirketine öneriyor beni. Ofisboyluk gibi bir şey. Giriyorum işe. Ihsan Yüce, Engin Ayça-Gülsen Tuncer, Orhan-Nuray Oğuz, Hilmi Etikan gibi sinemacılarla tanışıyorum, Bilge Olgaç'ın sobasına gaz taşıyorum (gaz sobasından zehirlendi, hâlâ suçlu hissederim kendimi), Giovanni Scagnamillio'nun evine giriyorum. Her şey güzel de para yok. Neredeyse çay-kahve sponsoru benim şirketin. Kast işine girelim diye karar alınıyor zira televizyon ve reklamlar hareketlenmeye başlamış. Diskoların kapılarında broşür dağıtıyorum, eli yüzü düzgün tanıdıklara haber salıyorum. Yüz kişiyi bulunca, katalog çekimine giriyoruz. Devlet Opera ve Balesi'nin fotoğrafçısıyla anlaşıyoruz. Stüdyoda profesyonel çekimler yapıyoruz. Tabii para karşılığı. Epey bir para giriyor kasaya. Fotoğrafçının parasının da üstüne yatıyor patron. Daha önce bana reva görülen muameleyi, başkalarına yapıyormuşum gibi geliyor, midem bulanıyor, ayrılıyorum. İki-üç sene sonra okuldayken patron çıkageliyor, işler düzelmiş, para kazanmaya başlamışlar, dört aylık alacağımı veriyor bir zarf içinde. Allah bereket versin.

Sonrası Tezgah, biliyorsun işte...

"Çok büyük
ve manalı
laflar yazmaya
hazırlanıyordum
ki..."

TEZGAH ANILARI

Haydar Dümen

Harbiye Karakolu, 20 metre kadar çaprazımızda... Teşvikiye'nin, hatta Türkiye'nin en güzel kızları önümüzde. Efsane Akademi Kitabevi diğer çaprazımızda. Muzaffer Abi'yle bağırmadan konuşacak kadar yakın. Yazarların Evi, acıktığımızda seslensek bizi doyuracak mesafede. İyiyiz yani. Hafta sonları, Teşvikiye ahalisi Ada'ya gider. Eczacıbaşıların dükkânının kepenklerini kale yapar, top oynarız. Bir gece önce göz süzüştüğümüz kolejli kızlar çay içmeye gelir. Üsküdar Amerikan, İtalyan Lisesi, Alman Lisesi, Avusturya Lisesi. Şişli Terakki ve Işık Lisesi zaten mahallenin kızları. Bizimle takılıp bohem olmak isterler. Biz de kırmayız. Yazarlar, gazeteciler de gelir, Nobel'lisinden hem de. Takıcı Mehmet, o an uyanır işe, yaptığı muz ortaları bırakır, kafayla golü Tezgah'ta atacağımı bilir.

Yine böyle bir gün, *junior* tayfadan bebeler bastı Tezgah'ı. Mavrayı Haydar Dümen'in bir kitabı üzerine kurdular. Kitap resimli. Resimlere baka baka gülüyorlar. Çok gülüyorlar herhalde, bir süre sonra karakoldan polis geldi, silahlı. "Kim ulan bu kitabın sahibi?" Benim olduğunu bal gibi biliyor. Ancak okumuş çocuk olduğum için konduramıyor herhalde. "Benim kardeşim." "O şeyi de al gel, komiser çağırıyor, şikâyet var." Hayda...

Kitabı da alıp polis nezaretinde, karakola gittim. Komiser çok sinirli. Artık, hangi kifayetsiz muhteris muhbir vatandaş, nasıl bir ruh haliyle okumuşsa... "Terbiyesiz, ahlaksız, ırz düşmanı" lafları art arda havada uçuşuyor. Sonra da kitabı alıkoyup beni kodese attırıyor. Güleyim mi ağlayayım mı bilemiyorum. Öyle oturuyorum. Cep telefonu, internet olayları falan namevcut. Kimseye haber veremem. Zaten, komiserle konuşmaya gelen bizim çocuklar, tekme tokat ve küfürler eşliğinde karakoldan atılıyor. Hafiften tırsmaya başlıyorum; zira bizimkilere bu muameleyi reva gören abimiz, kim bilir bana ne mene bir şiddet tiyatrosunda rol verecek?

Geçmeyen bir-bir buçuk saat sonra, memur gelip beni çıkardı. Oh! Abinin odasının camları caddeye bakıyor, kötü muamele abarırsa, başlarım bağırmaya, duyan bir Müslüman yardım eder herhalde. Odaya girdim, komiser, düzgün tipli biriyle karşılıklı çay içiyor. "Gel, gel," dedi komiser, "şimdi Hanya'yı Konya'yı öğreniriz." Kitabı çıkardı çekmecesinden, "Doktor bey, bu ahlaksız serseri, bu şeyi sokağın ortasında sergiliyor. Koymuş kitapların arasına, yok efendim bilimsel esermiş de, yazan doktormuş da. Ben şimdi buna n'apıyım?" Houston Tıp Merkezi'nde görevli, Tonton'umuzun hayatını kurtaran ve bu yüzden aylarca memleketin en sevdiği Amerikalı olan, dünyaca ünlü Kalp Cerrahı DeBakey var sanki karşımda.

Kahramanım, kitabı eline alıyor, şöyle bir evirip

çeviriyor, bana döndürüyor kafasını, bakışlarımızla, herhangi bir Aziz Nesin öyküsünün karakterleri haline gelişimizi kutluyoruz, biraz buruk da olsa. "Evet," diyor, "Haydar Dümen, bu konularda uzman bir hekimdir, bir sürü bilimsel eseri vardır. Bu da en bilineni..."

Komiser büyük bir hayal kırıklığıyla kitabı geri alıyor, bakıyor, sayfalarını karıştırıyor, çekmeceye geri koyuyor. "Lan çık git, gözüm görmesin seni! Geleceğim o kitaplarını kontrol etmeye, fena bir şey bulursam yandın. Çık..."

Tezgah'a döndüm. Önce bizim keratalara ince bir fırça, sonra da sade bir Türk kahvesi, sigara eşliğinde. Esnaf merak etmiş, ballandıra ballandıra anlatıyorum olanları. Geberiyoruz gülmekten. Bir yandan da karakolu kesiyorum. Hem polisler bakıyor mu diye hem de doktorun çıkışını yakalamak için.

Bir yarım saat sonra çıktı doktor. Daha ben ona doğru hamle yapmadan, eliyle geliyorum işareti yaptı, geldi de. Teşekkür ettim, zamanı varsa bir çay ısmarlamak istediğimi söyledim. Doktor, karakola doğru baktı, güvende olduğuna kanaat getirdi ve bastı kahkahayı. Karşılıklı kahkahalarımızı durduramıyoruz. Bana nezaret eden polis kapıda, birazdan kahkahalarımız çete suçuna girecek. Kolundan tutup Tezgah'ın yanında bir kuytuya oturttum doktoru, çayları söyledim. Çaylar geldi, kahkahalar eşliğinde muhabbet ettik. Cerrahpaşa'da doktormuş, karısına hediye almak için gelmiş Nişantaşı'na, park ettiği yerde arabaya vurmuşlar, onun için karakoldaymış. Çayını bitirdi, iki tane kitap beğendi, hediye olması için ısrar ettim, zorla parasını ödedi, indirim teklifimi de geri çevirdi, el sıkıştık, gitti.

Komiser, hiçbir gün Tezgah'a –kontrol için– gelmedi. Hep uzaktan kaşlarını çattı. Doktor, "Gelirim," demişti, hiç uğramadı. Hayat gailesi işte. Bizim yaramazların biri dövmeci oldu, biri avukat. Kapıda duran genç polis, defalarca tayinini istedi, aldığı maaşla İstanbul'da geçinemediği için. Bir türlü çıkmadı tayini, intihar etmiş, öyle dediler. Çaycı Hacı Abi'nin ayakları kesmişler. Akademi Kitabevi, Kadıköy'e taşınmış galiba. Yazarların Evi en son Ortaköy'deydi, duruyor mu bilmiyorum. Kolejli kızlar çoluk çocuğa karıştı, ben de meşhur oldum. Hâlâ kendimi Türk hekimlerine emanet etmeye devam ediyorum.

"İyi insanlara
salak
muamelesi
yapmayı
bıraktığın
an iyi insan
olacaksın, bu da
sana yeter."

TEZGAH ANILARI

Cinayet Mahali

Orta yaşlı bir kadın geldi. Evlerinde bizim işimize yarayacak şeyler varmış, ilgileniriz, diye düşünmüş. Adres şahane, Hüsrev Gerede Caddesi. İyi şeyler çıkar oradaki evlerden. Akşama sözleştik, üç ahbap çavuş adrese gittik. Ev mükemmel bir lokasyonda, yalnız, terk ediliyor gibi. Tanju Okan şarkısı misali "eşyalar toplanmış". Satranç dergileri var epeyce, ağzımın suyunu akıtacak kadar yüklü bir plak koleksiyonu, tıp literatürü, biraz da İngilizce kitap. "Burda gördüğünüz her şeyi alabilirsiniz," dedi biri. Buruk, üzgün birkaç kadın var evde. Müzik sistemini gösteriyorlar, mobilyalar gani, mutfak malzemeleri –wok tavaya kadar– bize amade. İpuçları, ailenin Amerika bağlantılı olduğunu, adamın satranç hastası bir cerrah, kadınınsa piyanist olduğunu söylüyor. Amerika'ya yerleşecekler herhalde, diye düşünüyoruz. Hiçbir şeyi taşımak istemiyorlar. Her şey mükemmel tasnif edilmiş. Plakların, kitapların, dergilerin üzerinde kimlikleri var neredeyse. Garip bir akşam vakti, umutlarla girdiğimiz evden, kamyon yüküyle çıkıyoruz. Şahane bir voli vurduk. Mutluyuz.

Genelde, aldığımız eski eşyaları, olduğu gibi sergileriz Tezgah'ta. Orasını burasını iyileştirip değiştirmekle uğraşmayız. Zira o şey, tekrar dolaşıma girebilir ve hikâyesi baki kalmalıdır. Plaklar bana düşmüştü. Hepsinin üzerinde plastik baskılı etiketler var. Abartmıyorum, rahat iki sene o evden çıkan plaklarla geçindim. O kadar temiz, o kadar kaliteliydiler ki! Bir gün, herhalde bir sene geçmiş olmalı, Teşvikiye'deki liselerin öğle teneffüsü ve benim göz banyosu saatimde, yaramaz kızlarla kesişirken, Tezgah'a geldiğini bile hissetmediğim bir müşteri, "Aaa, bizim şeyin plakları bunlar," dedi. Tipi toparlayıp klasik "hikâyeli satış" taktiğine girdim. "Evet efendim, galiba kendileri Amerika'ya yerleşmişler, biz de nasiplendik," derken, müşteri, acı gerçeği söyledi. Cerrah abi, akşam eve geldiğinde, karısını âşığıyla yakalar. Niye gereksinim duyduğunu anlamadığım silahıyla, karısını, âşığını ve en sonunda kendini vurur. Göt kadar bir mahallede, yanı başımızda olanlardan bihaber oluşumuzu düşündüm önce, sonra cinayet mahallinden bir şeyler aldığımızı. "Belki de uyduruyordur," diye kıllandım. Tam kötü hissedecektim kendimi, maktulün yakını, üç plak aldı, güzel para bıraktı, keyiflendim utanmadan, göz banyoma devam ettim. Çaycı Salim'le göz göze gelip hayalî çay kaşığını, hayalî çay bardağında çevirdim. "Akşam, Kemancı'da kim çalıyor, Ortaköy'de hayat var mı, sosyete ortamına mı aksam?" diye düşünmeye başladım. Hayat gerçekten çok garip...

"Fazlı eve fesleğen aldı. 'Ben bakamam,' dedim. Biraz önce, fesleğenle aynı bardaktan su içtik."

TEZGAH ANILARI

Fotoğraf

Tezgah'ta sıradan bir gün. Okul sıkıntım yok, demek ki haziran falan. Mehmet'ti galiba ismi, gördüğüm en orijinal eskici göründü uzaktan. Her gelişinde, mutlaka bir mavra döner. Kitap okur, müzik dinler, sinemaya gider, değişik bir herif. Kocaman bir Motorola telefonu vardı mesela, kahveye sokmuyorlarmış, televizyonu bozduğu için, günlerce bunun yaygarasını yaptı. Neyse, vitesli el arabasıyla yanaştı Tezgah'a. Hemen çayı söylendi, bir yandan arabadaki malları gözucuyla süzülürken, bir yandan da geyik başladı. Pek bir şey yok bugün. Yalnız, 50'ye 70 boyutlarda, çerçeveli siyah-beyaz bir fotoğraf beni hipnotize etti. 50'li yılların sonu gibi, stüdyo çekimi. Takım elbiseli bir adam, kucağında üç yaşlarında bir kız çocuğu ve yanında sekiz-dokuz yaşlarında bir kız çocuğu ayakta. "Bu ne?" diye sordum, "Çöpe giden hatıralar," dedi. "Biz, insanların unutmak istediklerini süpüren çöpçüleriz," diye ekledi. Hiçbir değeri yok başkaları için. Niyeyse bana bir şey söylüyor fotoğraf. Edinmek istiyorum. 100 liradan açtı kapıyı, 60 liraya aldım. Tezgah'a koydum, çaylar bitti, Mehmet gitti, uzun saçlı bir enayiye, beş para etmez bir fotoğraf kakaladığını düşünerek. Uzun süre baktım fotoğrafa, büyülenmiştim sanki. Yan tezgâhlardan geliyorlar, "Bu ne lan?" diyorlar, "Bilmiyorum," diyorum. Gelen geçen birkaç kişi daha sordu, "Bilmiyorum," dedim onlara da. Dekor niyetine satın almak istediler, "Biraz düşüneyim," dedim. Kopamıyoruz birbirimizden.

Birkaç saat böyle geçti. Nur yüzlü biri geldi sonra. Orta yaşı geçkin, sakin mi sakin, meraklı çocuk gözleriyle bakan bir kadın. Uzun süre baktıktan sonra fotoğrafa, "bilmiyorum" cevabının sorusunu sordu kibarca. Bir önceki paragrafta anlattığımı ona da anlattım. Sonra oturduk, çay eşliğinde, fotoğrafa beraber hikâyeler uydurduk. Güldük, hüzünlendik, durduk, sessizce düşündük. "Bir işim var, onu halledip geleyim, Allah'ın emri, peygamberin kavliyle bu fotoğrafı sizden isteyeyim," dedi kalkarken. "Ne yapacaksınız bu fotoğrafı?" diye sordum. "Affedersiniz," dedi, "size kendimi tanıtmadım, ben Gülten Dayıoğlu, yazar. Belki bu fotoğraftan bir öykü çıkarırım." Tanımaz mıyım, kitaplarıyla büyümüşüm. "Elbette," dedim, "mutlu olurum." Gitti. Ben, heyecanla, olan biteni dostlara aktarırken, herhalde yarım saat sonra, başka bir hanımefendi, aynı incelikle, aynı soruyu sordu. Gene ve bir kez daha, "Bilmiyorum," dedim. Gözleri buğulandı, hemen bir tabure verdik, bir bardak su istedi, içti. Zamanda yolculuğun bir hayal olmadığını ispatlarcasına, gittiği yerlere beni de götürerek ağır ağır anlattı hikâyeyi. "Bu benim babam, ayakta duran ablam, babamın kucağındaki küçük kız da benim. Şu anda utanç içerisindeyim. Annem, demans hastalığına yakalandı. Ne yaptığını bilmez. Sokağa atmış her şeyi herhalde. Sizden ricam, bu fotoğrafı yerine geri götürmeme izin vermeniz." Hemen fırladım, çerçeveyi Tezgah'tan kaldırıp gazete kâğıtlarıyla sarmaladım, sicim marifetiyle rahatça taşınabilir bir hale getirip sahibinin yanına bıraktım. Artık tutamadığı gözyaşlarını silerken, yarım ağızla bir teşekkür edip ışık hızıyla caddedeki kalabalığın arasına karıştı. Ben de bir hafiflik duygusu. Sanki ağır bir yükü, yerine nihayet ulaştırabilme hali. Çöktüm kaldım. Kısa bir süre sonra, Gülten Dayıoğlu geldi, sordu, anlattım olanları, "Şimdi daha acayip bir hikâye oldu," dedi, gitti. Bu hikâyeyi yazdı mı bilmiyorum. Biraz arsızlık yapıp telifi bende olmayan bu ânı paylaşmadan da edemiyorum.

KORSAN

Telif hakları meselesi daha yokken, 80'lerde gençliğini geçirenlerin bileceği üzere "doldurma" kasetler dinliyorduk. Parfümericiye gidip liste verir, kaset doldurturduk. Hatta kasette boş yer kalmışsa parfümericiye kafasına göre doldurmasını söylerdik. Hep öyle öğrendik yabancı müziği.

Efsane DJ Hakan Gündüz, yabancı şarkıları arka arkaya bağlayarak kaset çıkarırdı. Unkapanı bastı bu kasetleri. Biz de oradan gelmeydik işte. Biz de kaset doldurup satıyorduk ama yeni çıkan ve kolay ulaşılabilen albümler olmamasına çok dikkat ediyorduk. Mesela 1975'te çıkmış ve piyasada bulunmayan kayıtları ya da plakçıların yüzüne bakmadığı albümleri basardık.

Philips o dönemde CD kopyalayıcı çıkarmıştı. Şahane bir aletti... Ortağımla bir tane satın almıştık. Bir gün ben bir iş için bir yere gitmiştim. Tezgah'a bir arkadaş bakıyor, arayıp gelmemi söyledi. Bir gittim, temiz giyimli elinde çantası olan bir adam ve yanında iki polis var. "Bunlar senin mi?" dedi. "Benim," dedim. Harbiye Karakolu'na davet ettiler. Tanıdığım bütün korsancılar da oradaydı. "Senin ne işin var burada ya?" dediler. "Moruk beni de aldılar," dedim. Sony'nin avukatı uygulamaya çıkıp bütün Şişli-Beşiktaş'ı toplamış. Ben hiç Sony basmamıştım. Neden alındığımı bilmiyordum. Avukata da bunu anlattım.

Adam ikna olup benim bir daha korsan satmayacağıma dair bir dilekçe yazdı kendi kendine. Ben de oradan çıkmak için imzaladığımı, bir daha yapmayacağıma söz vermediğimi söyledim. Çünkü etik olarak bir yanlış yapmadığıma inanıyordum. Onların yüzüne bakmadığı işleri basıyordum.

Aradan altı ay geçti. Avukat tekrar Tezgah'a geldi, ben yine karakola gittim. Diğer korsancılar yine, "Senin ne işin var?" diye söyleniyordu. Oysa aynı şeyleri basmasak da aynı işi yapıyorduk. Bir yandan da ben bir şey imzalayıp çıktığım için kıllanıyorlardı. Bir imza faslı daha oldu. Üçüncüye işlem başlatacağını söyledi avukat. Hapse girme ihtimalim doğacaktı. Diğer korsancılar aileden birini içeri sokup işe devam edebilirdi ama benim kendimden başka kimsem yoktu. Takkeyi koyduk önümüze, ortağıma makinenin parasını çıkarıp çıkarmadığımızı sordum. Çıkarmıştık. "Şimdiye kadar güzel bir hizmet yaptık, şimdiden sonra yapmayalım, boş ver kardeşim," dedim. Korsan hikâyesi bu şekilde bitti.

"Bu memlekette kadın olmak bizatihi devrimci bir durum."

TEZGAH YANIYOR

Sene 2007, saat sabaha karşı 04.00. Beyoğlu Tezgah'ı kapatma hazırlıkları yapıyoruz. Cumartesi gecesi, mahşer gibi ortalık. "Son içkileeer!" anonsu yapılmış, sırayla ışıklar açıldı, sonra müziğin sesini kıstık. Yine tabii ki kimse gitmek istemiyor. Müdavimler, naz üstüne naz yapıp söz üstüne söz veriyorlar. Klasik bir hafta sonu kapanışı yani.

Üstte kitap katımız var. Bara, ahşap bir merdivenle bağlanıyor. Özellikle, kalabalık gecelerde, kitapçıyla barın arasındaki sürgülü kapıyı kapatıyoruz. Hâlâ kalmakta ısrar eden müşterilere, "Arkadaşlar, personelin de bir seks hayatı var!" anonsunu yaparken, üst kattan, hiç hesapta olmayan, "Yangın vaaar!" anonsu geliyor. Sinan Abi, rockstar gibi haykırarak dumanlar arasında merdivenden iniyor. Dükkân boşaltmak için iyi yöntem. İki saniyede barda sadece kahraman çalışanlarımızla beraber kalıyoruz. Yangın söndürücüler elden ele merdivene taşınıyor, ancak oradan alevlere ulaşmak imkânsız. Hemen cadde tarafındaki kapıya yöneliyoruz. Manzara berbat. Kitap okurken, oturup çayını kahvesini içsin millet, bir de kafamız güzel olduğunda ara uyku yapalım diye yerleştirdiğimiz üçlü koltuk cayır cayır. Dükkânın her yanı ahşap, içerde binlerce kitap var, üstelik ateşi iyicene harlayacak yüzlerce de plak, CD... Bırak dükkânı, Tomtom Mahallesi kül olacak birazdan. Kimsenin aklına kilitli olan dükkânın anahtarı gelmiyor. Geceleri pek de tekin olmayan Yeniçarşı Caddesi'nin ruhuna uygun şahane güvenlik camlarımız var. Hep beraber paldır küldür girişiyoruz camlara. Camı takanın aldığı paraya helal olsun. En irimiz bile sekiyoruz camlardan. Artık ne ayılama girişmişsek, ahşap kayıtları kırmayı başarıyoruz sonra da bir kısım camı indirip üçlü koltukla hesaplaşma mesafesine geliyoruz. Ama o da ne? Yangın tüplerinin ömrü onar saniye kadar...

Burada bir kamu spotu arası verip devam edeceğim. Arkadaşlar, yangın berbat bir şey. Gerçekten şakası yok ve yıkımının tadili, hem fiziksel hem de ruhsal uzun sürüyor. Özellikle kapalı yer sorumlularına rica ediyorum. Yangın tüpü kullanma talimatını mutlaka okuyun ve tüplerin dolum tarihlerini devamlı kontrol edin. Ayrıca, beraber çalıştığınız arkadaşlarınıza da bunları tembihleyin. Zira dolu olmasa bile, bizim sıktığımız tüpün ömrü on saniye değildi tabii. Sıkma işinin bir tekniği var. Güzel bir boyuna parfüm sıkar gibi sıkacaksın, sivrisinek kovalar gibi değil. Neyse, bu pahalı kamu spotundan sonra, nerde kalmıştık?

Hah... "Yangın vaaar!" anonsunu takiben, bir dakika geçti geçmedi, çaresiz bir halde, kendimizi yangını seyreder halde bulduk. "Çıkaralım lan koltuğu dışarı," dedi biri. Onayladık ânında. Tam atlayacağım ateş topuna, kahramanlardan biri tuttu beni. "Dur abi, senin yarın çekimin var." Durdum. "Hakikaten lan, yarın çekim var," diye tutulurken ben, Kerem'le Smith yanarak, bağırarak koltuğa daldı. Çok berbat sahne. Seyretmek imkânsız. Atılıyorum, tutuyorlar. "Sikerim lan çekimini, yanıyor herifler." Görülmez, duyulmaz oldum. Mesleğimle ilgili bir sürü boktan şey yaşamıştım daha önce. Ama mesleğimden ilk defa o an nefret ettim. Neyse, çocuklar attı koltuğu dışarı, bir yerden bir hortum uzandı, itfaiye geldi falan, kâbusun birinci bölümü bitti...

Birkaç saat sonra setteydim. Dokunsalar ağlayacağım. Aklım dükkânda, çocuklarda. Allahtan ekip işi kavrıyor, acilinden paketleyip sahneleri, yolluyorlar beni. Tezgah'a geliyorum, manzara fena. Her santimetrekaresine özendiğimiz dükkân simsiyah. Kerem'le Smith yanıklar içinde. Nasıl oldu lan bu iş? İtfaiye bir şey bulamamış, elektrik kontağı herhalde diyor. Sigorta, "herhalde"yle iş yapmaz. Aklımıza bir sürü şey geliyor, araya tanıdıklar giriyor, sigortacılar resmen acıyor bize. Tadilat madilat, unutulmaz kayıplarla geçiyor zaman.

Dükkânı kimin –yanlışlıkla– yaktığını bildiğimi sanıyorum. Yangın söndü, seni affediyorum...

NEDEN GÜMÜŞLÜK?

Askerlik bitti, biraz karışık bir kafayla İstanbul'a döndüm. Tezgah'ta işler yolunda değil, belediye zabıtalarıyla uğraşmaktan yoruldum. Semtin çehresi de değişti sanki. 20'li yaşların sonuna gelmişim, artık işimi hakkıyla yapmak istiyorum. Kahramanlar ve Soytarılar Tiyatrosu da pek parlak günler geçirmiyor. Seyirci ortalamamız, oyun başına yedi, bilemedin sekiz. Kemancı, bize iyi bakıyor fakat biraz Zeki Abi'nin, Güneş'in yardımıyla yürüyor işler. Bunalımdayım yani. İki-üç yıldır Güney'e de inmiyorum. Otostop, uyku tulumu seyahatlerine doymuşum.

Bir gün, oyun sonrası takılıp gece ilerledikten sonra, kelle paça içmeye, Taksim Pide'ye gittim. Bir baktım Levent Abi içerde. Oturdum yanına. Devlet Tiyatrosu'nda bir oyunda tanışmış, hemen ısınmıştık birbirimize. Delikanlı adamdır bir defa. Ankara turnesinde, kaldığımız otelin lobisinde, "yalandan delikanlı" birisi sataşmıştı bana, Levent Abi girmişti aramıza. Herif silah çekti belinden, Levent Abi hiç geri vites yapmadı. Korudu beni. Hâlâ denk geldiğimizde –onun sayesinde belki– gülerek anlatırım. O da, böyle bir şey hiç yaşanmamış gibi, önemsiz bir şeymiş gibi geçiştirir. "N'apıyosun lan?" dedi, sıkıntılı üflemelerimi, gelen çorbanın sıcaklığına uydurup durumu olduğu gibi anlattım. "Oğlum, Yalıkavak'ta dizi çekiyoruz, gelir misin?" diye sordu. "Uçarak gelirim," dedim. Bir hafta on gün sonra telefon geldi. Karşımdaki ses, mecazı sözlük anlamına çevirircesine, Bodrum uçağının gün ve saatini söyledi.

Yalıkavak'taki bir tatil köyünde geçen, her bölümde macerası başlayıp biten bir dizi. Benim bölümün hikâyesi, Tennessee Williams'ın *Sırça Kümes* oyunundan uyarlama. Kısa sürede, eğlenceli bir şekilde çektik bölümü. İş biter bitmez zarf geldi, içinde avans mahiyetinde iyi bir para. Hemen tatil planlarına giriştim. Planlarımı paylaştığım aktris arkadaşım, "Gümüşlük'e gel, ben orada pansiyon işletiyorum. Uygun fiyata, uzunca kalırsın," dedi. Gümüşlük'ü hiç bilmiyorum. Levent Abi de Gümüşlük'ten iyi bahsedince, kendimi köye giden arabada bulmam beş dakika falan sürdü. Yolda, arabadaki arkadaşlardan, köyle ilgili başka kıyak şeyler de dinledim. Tam köye girerken, içlerinden biri, "Yalnız, Gümüşlük'e gelen, bir daha gidemez," dedi. Çok ciddiye almadım.

Pansiyonun müşterileri şahane. Devlet Tiyatrosu'ndan sevdiğim abiler, yazları burada takılıyormuş meğerse. Gündüzleri müthiş makara yapıyoruz. Akşamları da sahilde bulduğum, küçücük, salaş bir rock bara gidiyorum. Sonradan, kardeş olduklarını öğrendiğim iki genç işletiyor dükkânı. Ortam güzel, şarkılar tanıdık, bira ucuz. Birkaç gece içinde ahbap oluyorum müdavimlerle. "Abi, bakıyorum, şarkıların hemen hepsini biliyorsun. Gel, sen uğraş şu CD'lerle, biz de servisimize bakalım," dedi kardeşlerin küçüğü. Personel indirimi de eklenince teklife, hemen, "Tamam," dedim. Tatil, biraz daha uzadı böylece.

Ertesi yaz da aynı yerlerde geçtikten sonra, araya işler güçler, manitacılıklar girdi, ancak iki yaz sonra Gümüşlük'e dönebildim. Hemen sahile, kardeşleri bulmaya gittim. Maalesef yerlerinde yoklar. Sağa sola bakınırken, bizimkilerin annesi seslendi (ucundan meşhur olmuştu suratım). Yeni bir yer işletmeye başladıklarını söyledi. Hızlı adımlarla dediği yere gittim. Bir de ne göreyim! İçerisi, konservatuvardan ve AKM'den tanıdığım müzisyenler, dansçılar ve oyuncularla dolu. Yer büyük, sanat tatil köyü gibi. Pansiyon, lokanta, bar iç içe, müzik yine şahane. Üstelik çok güzel bir kum voleybolu sahası var. Günler nasıl geçti bilmeden, bütün yazı orada geçirdim.

Birkaç yaz daha böyle geçti. Ahbaplıklar arttıkça, kışları da gider oldum. Garip, yazlık belde olarak bilinen köy, kışları da kendi kafasına göre, hem de keyifle yaşıyordu. Bizimkiler müteahhitlik işine girdi. Sonbaharda temeller atıldı, tabii o temellere, tüketilen sıvıların şişeleri de gömüldü. İnşaat ilerlerken, ben İstanbul'a iş kovalamaya gittim.

Bir mayıs günü, işlerimi bitirmiş, yurtdışındaki bir film festivaline gitmek üzere hazırlanırken, köydeki tayfa arayıp bana nispet yaparcasına, birazdan voleybol maçına başlayacaklarını söyledi. İki saat sonra ise çok sevdiğim arkadaşlarımdan birinin, maç esnasında aşil tendonunu kopardığı haberi geldi. Bir gün sonra da beyin kanaması geçirip vefat ettiği... Cenazeleri pek sevmem, galiba bu yüzden, ertesi gün Bodrum'a gittim. Herkes berbat haldeydi. Aile, akrabalar, köy, arkadaşlar, nereye gitsem içki masasında buluyordum kendimi. Bir ara inşaata çıktık. Evler güzel bir yerde, hızlı bir şekilde ilerliyor, ilk atılan temelin olduğu bina ise bana göz kırpıyordu.

Hayatım boyunca herhangi bir şeye sahip olacağımı düşünmemiştim. Zaten, bir ev alacak parayı yan yana getirebilecek bir tutumum hiç olmadı. Fakat burayı seviyordum. Mekânların ruhunu insanlar belirliyor gibi gelir bana hep. Şahane bir yerde rahatım kaçar bazen, bazen de boktan gözüken bir yerde mükemmel hissederim kendimi. Bu köy, hem şahane bulduğum hem de çok rahat ettiğim bir yer. Çok düşünmeden niyetimi söyledim çocuklara, uygun bir peşinat sonrası, çalıştığım zaman ödemek kaydıyla evi bana verdiler. Artık Gümüşlüklü olmuştum.

Sağ olsunlar, kısa sürede kabul ettiler beni. Yerliler, bir şekilde turizme katkım olacağını düşündükleri için iyi baktı. Benden çok önceleri buraya benim gibi "dışarıdan" gelip yerleşenlerse rahatlarını kaçırdığımı söylediler yazları. Birkaç işgüzar da bu duruma haber, çıkar, kâr gözlüğüyle bakınca, çarşı biraz karıştı. "Bir barı, bir meyhanesi var, gelenin gözünün yaşına bakmıyor, acayip para kazanıyor"a kadar geldi iş. Hastalık sonrası turizmden bahsetmiyorum bile.

Bir gün kahvede otururken, "Gümüşlükspor maçı var," dediler. "Gümüşlükspor diye bir takım mı var?" diye çok şaşırdım. Maçı izleyince mest oldum. Çok güzel bir ruh vardı maçta, profesyonel maçlar gibi değildi. Hemen bu takım için ne yapabiliriz diye konuşmaya başladık. O zamanlar Hüsnü yönetiyordu takımı, tek başına idare etmeye çalışıyordu. Önce kulübe üye oldum ve yönetimine girdim. Sonrası malum, başkan yaptılar beni, sezon sonunda şampiyon olduk.

Bir de benim hiç köyüm olmadı. İstanbul'da doğdum, büyüdüm. Babam da İstanbul'da doğmuş, büyümüş. Memleketi olan İnebolu'yu, babamdan bile önce gidip gördüm çünkü çok merak ediyordum. Benden sonra gitti babam... Bizim ailede kimse kendini bir yere ait hissetmez. Annem de Trabzonludur. O da yıllarca hiç gitmedi memleketine. Ben bir anda buraya ait hissettim kendimi. Bazı oluyor benim hayatımda, mesela İzmir Selçuk'tan geçerken kalbim kabarıyor. Bir şey oluyor bana. Sanki çok özlediğim birini görmüş gibi seviniyorum. Bu köye geldiğimde de aynı şeyi hissettim. Bu kıyıda her yeri gezdim ama burada beni kendine çeken ve tutan bir duygu vardı.

Brutus, Caesar'ı bıçaklıyor, savaş başlıyor Antonius ve Brutus arasında. Cassius, Brutus'un tarafında bir komutan, donanmayı Gümüşlük'ün doğal limanına saklıyor. Öyle okumuştum bir yerde. Nilgün Marmara, 80'lerde burada pansiyon işletmiş mesela. Buranın başka bir havası var. Aslında bu köyleri Ankara ve İstanbulluların keşfetmesi buraya gelen 68'liler sayesinde. Kaş'a ise 78'liler yerleşmiş. Herhalde denizde bir sınır kapısı olmadığı için. Bugün de Suriyeli trajedisi yaşanıyor her gün. Bu garipler çekip aldı beni içerisine.

Gezi'yle beraber, garip alametler belirdi bende. Fiziken sedef hastalığıyla tanıştım, ruhen de geçmiş hayatımın muhasebesine giriştim. Sedef, gittikçe ilerliyordu, kaygılandım, çalıştığım işten affımı istedim, köye sığındım. Bir sürü karar aldım, bu kararları uygulamak için kendime iyi bakmaya başladım. Felek, uzaktan sırıtarak bakıyormuş meğer.

Kış sertleşti, acayip bir grip salgını sardı etrafı. Duyuyoruz ama uzaktan. Köyde henüz bir vaka mevcut değil. Durumdan vazife çıkarıp bir manita vasıtasıyla ithal ettim virüsü. Alkol bir sürü rahatsızlığı gizler. Yıllardır hasta olmamışım. Kendime bakıyorum ya, alkol yok. Fena hastalandım. "Lan," dedim, "grip böyle bir şeymiş demek ki." İlaç bilmiyorum, doktora gitmiyorum. Berbat haldeyim, yataktan çıkamıyorum. Bir de kanlı öksürük başladı mı?

"Benim serum yeme zamanım gelmiş," dedim. Güvendiğim bir arkadaşımla hastaneye gittim. Hastanede bayılmışım. Gözümü açtığım bir ara, birisi gelip, "Ailenize haber vermemiz gerekiyor," dedi. Ailemi telaşlandırmak istemiyordum, menajerim aklıma geldi. Sonrasını herkes basından biliyor.

Bunlar başıma geldikten sonra hep şunu düşünüyordum: Köye gitmem lazım. Hep benim Avrupa'da bir sanatoryumda yatmamı tasarlıyorlardı. Bütün doktorlarıma ısrarla, "Beni köye gönderin. Ben köye gideceğim ve iyi olacağım," diyordum. Öyle de oldu. Köye geldiğimde bütün köy çok üzüldü. Çünkü 90 kiloydum, görenler çok şaşırıyor ama belli etmiyorlardı. Bir şey olmamış gibi, yokmuş gibi davranmaya çalışıyordum ama bir şey olmuş tabii. Ben hastanede yatarken her şey duyulmuş. Bana o kadar iyi davrandılar ki anlatamam. Kapıma köy yumurtası, mandalina, keçi peyniri filan koyuyorlardı sürekli. İstanbul'da olsam kimsenin umurunda olmazdı. Ve o zaman kesin kararımı aldım: Artık burada yerleşik yaşayacağım ve hiç gitmeyeceğim. Parmaklarım iyice siyahlaşmıştı. Sadece o yüzden gittim İstanbul'daki hastaneye, doktor da, "Parmakları keselim," dedi. O ameliyattan sonra iki ay daha yattım hastanede. Sonra döndüm köyüme. Doktorlar hâlâ seni Avrupa'ya gönderelim diyordu. Ama neyle gideceğiz ki Avrupa'ya? Öyle kolay değil oralarda tedavi olmak. Çok para gerekiyor. Geldim ve burada iyileştim.

Meşgalelerim arttıkça kendimi daha iyi hissediyorum. İki yüze yakın sporcu var kulüpte, zamanımın çoğunu onlarla geçiriyorum. Muğla Üniversitesi Güzel Sanatlar Fakültesi'nden öğrencilerim var, onlara da yetişmeye çalışıyorum. Kitap işini, eskiciliği özlemişim, bir de Tezgah açtım. Yazmaya başladım tekrar, iki film senaryom ilerliyor. Bu arada İstanbul'la ilişkim reklam dublajları ve sinema filmleri kadar. Ailem geliyor bazen, biraz onlarla vakit geçiriyorum. Nüfusumu buraya alalı epey oldu zaten.

Şampiyon Gümüşlük...

© Muhsin Akgün

NEDEN OYUNCULUK?

Okuduğum lise, kolej gibi bir şeydi. Bir türlü tutunamıyordum ve bunu kendime yediremedim. Çıtırdan birkaç bir şey buldum ama yetmedi bana. Bir gün, okulda tiyatro kulübü kurulacağını söylediler. Al sana kendini gösterme fırsatı. İyi bir şey yaparsak sonucunun ne olacağını tahmin ediyordum. İlkokulda fıkraları sahneye uyarlardım. Deneyimliydim yani!

Seçme yapıldı ve kulübe girdim. Güner Sümer'in *Bozuk Düzen* isimli oyunu oynanacaktı. Oyunu yönetmek için okula Şehir Tiyatroları'ndan bir aktör geldi. Oyun başladı. Hiç de fena gitmedik. Herkes çok beğeniyordu. Liseler arası yarışmada, "En İyi Erkek Oyuncu" ödülü almışlığım bile var. Bunun üzerine, sonradan çok meşhur olan aktör abi, "Üniversite sınavında sıkışırsan oyunculuğu düşün, sende ışık var," dedi. "Eyvallah," dedim.

O dönemde reklam ve dizilerde oynamak için ilanlar çıkıyordu gazetelerde. Bu ilanları kovalamaya başladım. İlk gittiğim yer Gözde Ajans'tı. Muhsin isminde bir sahibi vardı. Muhsin'i sektör çok iyi tanır. Setlere figürasyon yollardı. "Tamam Nejatçım," dedi.

Diyalogsuz figürasyonda çok ufak paralar kazanılıyordu. Tek ajansa bağlı kalmak zorunda olmadığım için her ajansa gitmiştim. Ajans ajans dolaşıyordum yani. Bunların çoğu dolandırıcılık yapmak için kurulmuş "olmayan" şirketlerdi. Mesela S23 diye bir ajansa gitmiştim. Burada benim kaydımı çaycıya aldırmışlardı.

"İlk iş şirkete, ikinci işten itibaren para alırsın." Kaide buydu. Muhsin haricindekilerin hiçbiri beni ikinci işe çağırmadı. TRT'de yayınlanan *Bizden Size* programı, cumartesi geceleri eğlence programı, Fenerbahçe'de bir lokantada bir dans grubu çekimi... İnsaflı olanlar arada bir kaşar ekmek veriyordu. Sabah 08.00'den güneş batana kadar çalışıyorduk. Bir keresinde *Sayın Başkan* isimli bir Kadir İnanır filmine gitmiştim. Airport Disko'da dans ettim. TRT-ZDF ortak yapımı bir işe çağırdılar. Almanca konuşan bir adam vardı. Benim de Almancam var ya, gereksiz yere kendimi göstermeye çalıştım, suratıma bakmadılar.

Muhsin cumartesileri ödeme yapardı ancak hiçbir cumartesi kapısının açık olduğunu görmedim. Bir keresinde onu, Ayhan Işık Sokak'ta Yuvarlak Masa isimli bir yerde gördüm. Harbi yuvarlak masaydı. Köfte, haşlanmış yumurta, rakı ve votka vardı. Bu kadar... Sandalye de yoktu. Cüneyt Arkın filmlerinin bütün figüranları oradaydı. Muhsin Abi'yi gördüm. "Gel lan," dedi. Köfte, rakı ısmarladı bana. Oyunculuktan ilk kazandığım para oydu işte. (Vay be, sene 88 olmalı, iki sene sonra meslekte 30. yıl...)

Üniversite sınavında sıçtım. 27 Mart Dünya Tiyatro Günü'nde izlediğim bir oyundan sonra, "Neden konservatuvar sınavına girmiyorum?" diye sordum kendime: "Ben bu işi yaparım lan!" Bu işin en iyisi kimdir, diye düşündüm. Müşfik Kenter'di. Nerede? Mimar Sinan'da. Çok torpil gerekeceğini duyduğum için umudum kırıldı. Eskişehir'de okuyan bir arkadaşım Müşfik Kenter'in Eskişehir'e geçeceğini söyledi. Ben de atlayıp Eskişehir'e gittim. Dayım da o dönem Eskişehirspor'da oynuyordu. Bana iş bulabileceğini umuyordum. Eskişehir'deki konservatuvarı kazandım. Son kayıt tarihi yaklaşırken, dayım başka takıma transfer oldu. Müşfik Hoca da Mimar Sinan'da kalmış, bir yere gitme niyeti yokmuş. Yandı gülüm keten helva. Hemen Mimar Sinan sınavlarına girdim ve çok şükür kazandım.

Mimar Sinan birinci sınıftayken Muhsin Abi arayıp dizilerden birinde figürasyon olduğunu söyledi. Muhsin Abi'ye konservatuvara girdiğimi ve bana diyaloglu bir "rol" ayarlamasını istediğimi söyledim. Ayarlayamayız falan deyince kapattım telefonu. Bir yandan da Tezgah devam ediyor. Okula yakın olduğu için dersten çıktığım gibi Tezgah'a gidiyordum.

Günlerden bir gün, Tezgah'ın önünde bir taksi durdu. O zaman konservatuvar üçüncü sınıfta olan bir abim taksiden inip beni çağırdı. "Gel, gidiyoruz," dedi. Nereye abi falan demeye kalmadan Osman Seden'in film şirketine gittik. *Gurur* diye bir dizi çekiyordu TGRT'ye. TGRT yeni açılmıştı o dönem. Nedret Güvenç'in torununu oynamıştım. "TGRT kafası"na göre kötü kabul edilecek bir karakterdi. Sete girdiğimiz gibi üzerinde adımız yazılı olan ve içinde para bulunan bir zarf alıyorduk.

Paraları dağıtan adam bir gün sıkılarak yanıma geldi. "Zarfımız yok, parayı elden versem olur mu?"

dedi. "Abi manyak mısın? Ver sen parayı," dedim. "İnsanlara bu şekil davranmaya devam ederseniz, en az 14 yıl iktidarda kalırsınız!" dedim!

Bir keresinde de Kartal Tibet'in *Borsa* diye bir işine gittim. Gösterişli bir kadro, yeni açılan kanalın bomba işi. Kartal Abi, nedense beni çok sevdi. Müşfik Hoca'yla okuldan arkadaşlarmış. Konservatuvar anılarını anlattı. Dizi 10-15 bölüm sürdü. Bir keresinde okula haber göndermiş: "Gelsin, bir iş için onu önerdim." Kalktım gittim. Semih Kaplanoğlu'nun çektiği *Şehnaz Tango* dizisiydi. Semih beni beğendi, "Hayırlı olsun," dedi.

Tam odadan çıkarken Kartal Tibet'le karşılaştık. Ebru Gündeş'e dizi çektiklerini ve tam benlik bir rol olduğunu söyledi. Sadece bir ya da iki bölüm için bana ihtiyaç varmış. "Güzel para var, kaçırma," dedi. Ne diyeyim? Semih Kaplanoğlu oynamam için izin verince ben gittim. Müzisyen bir çocuğu oynayacaktım.

İlk set günü, Mason Çıkmazı'ndaki bir evde yapılacaktı çekimler. Üzerimde Elvis tişörtü ve kot mont vardı. Saçlarım uzun... Bol paçalı bir pantolon ve kovboy çizmeleri giymiştim. Girince bir baktım, Zafer Önen'in elinde ut var. Musiki hocasıymış. Meğer ben efemine bir kuaförü oynayacakmışım. Senaryoya göre Ebru Gündeş benim arkadaşımmış ve ben şarkıcı olmak istiyormuşum. Yapabileceğim bir numara değil aslında ama nasıl söylerim? Kararttım gözümü, daldım sete.

Rol icabı kırıtarak "Yine Bir Gülnihal"i söylemeye başladım. Heyecanlanmayıp rahatça kıvırayım diye bütün set benimle birlikte şarkıyı söylemeye başladı ama bir türlü kırıtamıyorum. Olmuyor. Bir şekilde oldu deyip beni yolladılar. Ben de paramı alır giderim, diye düşünürken, bana bir bölüm daha yazdılar. Kartal Tibet beni beğendiklerini söyledi. Beğenildiğini duyunca insan bir garip oluyor. Bir de sana bu teklifi yapan insan Kartal Tibet. Daha birkaç ay önce figüranlık yapan biri olarak, Kartal Tibet'e hayır diyemezdim. O dizide sekiz bölüm oynadım. *Şehnaz Tango* da başlamak üzereydi, Kartal Tibet'in setinden bu şekilde ayrıldım.

Sene 1993. Benim sahneleri genelde çarşamba günü çekiyorduk. Okulun en rahat günü. Güzel bir kadro ve senaryo vardı. Dizide Ayşe Tolga'yla bir aşk hikâyesi yaşıyor, gitar çalıp şarkı söylüyorduk. Türkiye televizyonlarında ilk *French kiss*'i ben ve Ayşe Tolga o dizide yaptık. Kemancı'da öpüşmüştük.

Senaryo gereği lideri olduğum grubun geri vokali Pentagram'dan Murat İlkan! Epey iyiyiz yani. Çekimler Kemancı'da olduğu için set bitince yerimden kalkmıyordum bile. Çok kıyak iki sene geçirdik. Üçüncü sezonun başında patron bir toplantı yapıp yeni sezonda kimseye zam yapmayacağını söyledi. O yıllarda, televizyonda çok az dizi vardı ve bizim dizi iyi gidiyordu. Ben de itiraz ettim. Okuldan mezun oluyordum ve artık ev geçindirebilecek bir paraya ihtiyacım vardı. Harçlık denebilecek kadar bir para kazanıyordum çünkü. Daha yolun başında olduğum için, yaptığım bu itiraz doğru değilmiş. Ayrılacağımı söyledim.

Ajansta muhasebeci Nejat Abi vardı. Aramız çok iyiydi. Hatta ben dizide oynarken ajansa iş teklifleri gelince telefonu açan Nejat Abi, kendisi görüşmeye gidiyormuş. Bir gün beni patronun çağırdığını söyledi. Gitmem dememe rağmen ısrar etti, gittim. Bana saçma sapan bir zam önerdi. Kabul etmeyince de beni sileceğini söyledi. "Ben tükenmezim, silinmem," dedim. Aynı hafta, çok satan bir gazetede, benim kaprislerimle teknik ekibi çileden çıkardığım ve setten kovulduğum şeklinde bir haber çıktı. Kan beynime sıçradı.

Üyesi olduğum Tiyatro Oyuncuları Derneği'ne gidip haberin yalan olduğunu ve bununla nasıl uğraşacağımı sordum. İftira aslında sette benimle birlikte çalışan arkadaşlarıma atılmıştı. Çünkü hiç kimseye bir şey yapmamıştım ve onların beni savunması gerekiyordu. Kimse umursamadı bile. Yalnızca gazeteyi aradılar. Haberi yapan, "Bir röportaj yapalım, aksini söylesin," demiş. Polemik istiyorlardı. 22 yaşındaydım ve bunu yapmak istemedim. Dizide oynadığım son bölümde gerdeğe girdim. Evlendiğim kadın, yeni sezonun ilk bölümünde bir başkasıyla yataktan kalktı.

Mesleğe böyle giriş yaptım işte. Sonra da pek farklı gitmedi. Bir dargın, bir barışık yürüyorum. Acayip olan, bana yardımcı olanlar karşıma çıkıyor hep bir yerlerden, haksızlık edenler ise yok oldu.

SAVAŞ ABİ

"Neco, benim acil evden taşınmam lazım..."

Aldığım yudumu püskürteceğim neredeyse. Evimizin salonu niyetine kullandığımız Cihangir kafelerinden birindeyiz. Genelde olduğu gibi, herkesin kulağı bizim masada misafir. Yan masalardan da şaşkın bakışlar ve "hayda"lar geliyor. "Hayırdır abi?" Çalışanlar da şaşkın, hemen suyunu, limonlu çayını getiriyorlar. Merakla basın açıklaması bekliyoruz. "Benim ordaki inşaat çıldırtacak beni," diyor. Âlemin en huysuz adamı olduğu için, sevenleri açıklamayı yeterli bulup piyasa yapmaya devam ediyorlar. Bağırarak konuşan bir aktör bozuntusu, mikrofonu eline alıp manitalara patlıcan satmaya başlayınca, durumdan istifade, abim, kulağıma eğilip durumun daha vahim, ancak halka açıklanmayacak kadar hassas olduğunu söylüyor. "Nedir?" diye soruyorum. "Yüz kızartıcı olmayan bir sabıka meselesi," diyor. Konuyu kestirip attığını belirten bir mimikle de altını çiziyor vaziyetin, hiç üstelemiyorum, meraktan gebèrip kalıyorum. Tahminim var ama. 70'lerden kalan siyasi bir sabıka...

Bulunuyor bir ev. Yakınlarda. Her gün beraberiz

yine, her gün merakım can çekişiyor, kimseyle de paylaşamıyorum. Genelde dökülürüm sorguya gerek kalmadan, bu meseleye istisna yapıyorum nedense. Gel zaman, git zaman, abime kanser çıkıyor şans-kader-kısmet oyunundan. Hem de en fiyakalısından. Doktorların verdiği takvimin yaprakları az, çok az. Tanıdığım en zeki adamlardan biri olduğu için, her şeyin farkında, günlerini güzel geçireceğine inandığı fikirleri dinliyor, değerlendiriyor. İnsanın kıymetini gerçekten bilen, şahane varlıklar toplamış etrafına yıllarca. Hepsi seferberlik görevine koşarak geliyor. Hep beraber kalan zamanı "parti" yaparak geçirmeye karar veriyoruz. Acı, tatlı bir sürü şey yaşıyoruz beraber, büyük bir aile olarak. Arthur Miller'ın *Cadı Kazanı* oyununda, Proctor'ın ettiği lafı uyarlıyorum aileye: "İyilik uyandı içimizde, öyle büyük bir iyilik değil ama bu köpeklere atılamayacak kadar beyaz ve temiz bir iyilik..."

Hakemin gösterdiği uzatmaların sonuna gelirken, "Neco be!" diyor, "Yurtdışına çıkmadım hiç, Barcelona maçı seyretmek isterdim çok, Messi'yle de fotoğraf çektirmek." Abimin ünlü lafıdır, hangi takımı tuttuğunu soranlara yapıştırır: "Ben takım tutmam, adam tutarım." Sonra ekliyor: "Çıkmışken bir de Amsterdam yapsak, Cirque de Soleil seyretsek." Emir telakki ediyorum, danışma kuruluyla toplanıp işin olurunu arıyoruz. Bir sürü dosta haber salıyoruz. Pasaport yok, kimlik şaibeli. Dayanamayıp soruyorum abime: "Yav, senin evi değiştirme nedenin engel olur mu acaba?" Duyduğum cevap trajikomik: "Neco, ben asker kaçağıyım." Adam 65 yaşında, kanser, günler sayılı. Soruşturuyoruz, elimiz o kadar da uzanamıyor. Devlet, mezara kadar borcunun peşinde. Lisan-ı münasiple anlatıyoruz gelişmeleri, anlıyor, Gümüşlük tatiline fit oluyor. Çünkü Ankara'nın tozunu attığı günlerden çok arkadaşı var köyde. Şahane günler geçiriyoruz, zangoç çanları çalıyor, Ankara'ya gidip son görevimizi yapıyoruz...

"Faşistsin ulan sen!" diye çıkıştı bir gün bana. Müzik, sinema, edebiyat, tarih konuşurduk epeyce. Afalladım, "Solundan kalkmışın abi, n'oldu yav?" "Lan, Neşet Ertaş'ın sesi sevilmez mi?" "Abi, çok güzel okuyanlar var o güzel türküleri, pek tercih etmiyorum." "Peki, Uzakdoğu sinemasından filmler veriyorum sana, hep geçiştiriyorsun sorunca. Seyretmiyorsun di mi?" "Abi, vücut hareketleri çok keskin geliyor, ne yalan söyleyeyim, komik geliyor bana." "Faşistsin işte, farklı olana mesafe koyuyorsun."

Bana kurmuş o gün, nedenini biliyorum aslında. Biraz iş, biraz gönül ilişkilerim yüzünden. Sabaha kadar, yememiş içmemiş, beni en acıtacak yeri tespit etmiş. Neyse, söz veriyorum dersimi çalışacağıma da, sakinleşiyor biraz...

Abimin lakabı, "Google"dı. Böyle entelektüel bir adam pek görmedim. Son nefesine kadar hep genç manitalarla takıldı. Cihangir'in kaplumbağasıydı, finişi tavşandan erken görenlerden. Çok özlüyorum ve çok özleyen var biliyorum.

Güzel bir tespitini anlatarak su serpeyim toprağına. Malum, Cihangir acayip bir yer. Her türden meşhur var. Devamlı oturduğumuz masaya sonradan gelenlerin tavırlarına göre, insan sarraflığı ilmine giriş dersindeyiz.

"Bak Neco, masaya gelen, selamını, değere göre değil, 'geçer akçe'ye göre verirse, kibarca masadan kalk, seni de insan enflasyonuna katar."

Ekonomiyi bu kadar güzel anlatan birini tanıdım. Şanslıydım...

"Vatan
dediğimiz şey
sevdiğimizdir.
Sevginin
de sınırı,
pasaportu
olmaz."

ZAMANSIZ

Geçemeyen sene bir sürü arkadaşımdan ayrı bıraktı beni... Zamanla aram pek iyi değildir zaten. 29 Şubat doğumluyum mesela, dört yılda bir denk geliyor. Bunun dışında kendimi şanslı sayarım yine de... Çok güzel şeyler yaşadım, çok güzel arkadaşlarım, abilerim oldu. Son bir sene içinde, bir şekilde zaten birbirini tanıyan abilerim, bir bir gitti. Yalnız kalmakla ilgili bir sorunum yok. Sadece nefesini sevdiğim birinin yakınlarda olması beni rahatlatır. Bencilce bir şey, biliyorum. Ama birbirimize ihtiyacımız olduğunu hissediyorum ve bunu değerli buluyorum.

Aktör olmaya karar verdikten sonra, şansım ya da tercihlerim, beni bu işin en ehli, en usta, en heyecanlı, en mahir insanlarıyla bir şekilde karşılaştırdı. Çok şey öğrendim, çok şey paylaştım her biriyle. Keşke seninle, daha fazla zaman geçirseydik Tuncel Abi...

Hayatımı, bir şekilde "Rock'n roll" ve "Marksizm" üzerine kurdum şimdiye kadar. Biliyorum, kulağa biraz garip geliyor. Kuşkudaydım uzun süre, "Böyle bir karışım olabilir mi," diye... Tuncel Abi, ilk gördüğüm an beni olumladı. Galiba 70'ini geçmişti tanıştığımızda. Mick Jagger'la Fidel Castro arasında bir yolculuk yapıyordu. *Sex, drugs, rock'n roll* ile "mülkiyetsizlik" bilincini şahane birleştirmişti. "Gâvurlar" buna "mentorluk" diyor galiba... Türkçe adıyla "rehberlik" olsa gerek... Bir anda benim rehberim oldu. Bilmediğim denizlerde yüzmeyi sevmem. Tuncel Abi, bana o denizleri anlattı. Yunusları, köpekbalıklarını, sazanları, ahtapotları...

Dergilere ilk yazma nedenim Tuncel Abi'dir... İlk yazımı yazarken, "Okuyunca sevecek mi acaba?" diye düşünmüştüm. Babamı anlatmıştım, okuyanlar bilir. O okuyamadı. Ben, hayatımda böyle okumaya düşkün, gelişmeleri takip eden, kendini yenilemeye, taze kalmaya çalışan bir ruh görmedim.

Seninle ilgili bir şeyler yazmak, başkalarıyla paylaşmak ki sen paylaşmayı çok seversin, o kadar zor ki... O kadar zor ki.

Seni galiba en çok, Grup Yorum'un konserindeki halinle hatırlayacağım... "Yetti artık," diye haykırışınla...

Gerçekten, "Yetti artık"...

Yaşam, kutsanması gereken bir şeyse eğer, bunu en iyi beceren, en iyi gösteren, en çok yakışandı o... Kadının en güzelini sevdi, yemeğin en güzelini yedi, şarabın en güzelini içti... Bana hep kızardı, "Sanatçı gibi değil, kamyon şoförü gibi takılıyorsun!" diye... "Aynı yerden gelmiyoruz!" gibi bir savunma kurarım ben de... Nedense!?

"Zamanın ruhu"nu anlamak maharet istiyor. Mahir'di işte o...

"Korkmadan, yılmadan yaşamak gerek," derdi. Yılmaz'dı işte o...

Son yıllardaki birikimiyle, çocukluğunu geçirdiği köye yerleşti Edremit'e, toprağa, suya, denize yakın olmak için... Deniz'di işte o...

"Alayına isyan!" dediğini duymuşluğum var. Bedrettin'di işte o...

Yaşına, dünya üzerinde geçirdiği zamana değil; haline, tavrına, paylaştıklarına ve muhteşem yaşam enerjisine saygı duydum hep... Çünkü "zamansız"dı işte o...

Zaman nefes almakla geçen günler değil, birinin aklında olmakla ilgili biraz... Hayatın kronometresini sen değil, senin yanındaki tutar. Bu yüzden, etrafında "biriktirdiği" büyük kalabalıktan biri olarak söylüyorum:

"Zamansız bir adamsın Tuncel Abi, biz seni sakladık... O kadar..."

KANGAL

"Alo n'aber Nejat?"
"İyidir, senden n'aber?"
"Sen köpekten korkar mısın?"
"Hayır, korkmam."
"Peki, kangaldan korkar mısın?"

Yumurta filminde çalışmaya başlamam bu diyalogla başladı.

Semih Kaplanoğlu'yla *Şehnaz Tango*'dan beri tanışırız. Kendisi *Şehnaz Tango*'nun yönetmeniydi ve ben de bir yan rolde oynuyordum. Yıllar boyu beraber bir film yapmayı konuştuk. Nihayet vuslat gerçekleşecek. Senaryo güzel, konsantrasyon şahane, çok güzel bir kadınla oynayacağım ve çok iyi arkadaşlarım var ekipte. Tamam da, "kangal" neyin nesi?

Efendim, filmin senaryosunun sonuna doğru, kahramanımız, yıllar evvel terk ettiği köyüne yaptığı zorunlu ziyaret sona erince, kente doğru yola çıkar. Ve fakat vahşi doğayı temsil eden "kangal", kahramanımıza izin vermez, daha doğrusu onu ikna eder...

Okuma provaları yapıyoruz, kostümler falan konuşuluyor, çaylar, kurabiyeler ve yine o soru: "Köpekten korkmuyorsun di mi?"

Tire'ye geldik, çekime başlamışız, akşam iş bittikten sonra otelin lobisinde laflıyoruz: "Moruk, kangallar, diğer köpeklere benzemezmiş, eğitim falan yok yani..."

Geziyoruz, çekiyoruz, eğleniyoruz, bazı aksaklıklar çıkıyor, sıkılıyoruz, araba bozuluyor mesela, tamircideyiz: "Sahibinden başkasını tanımazmış kangal..."

Artık, kangallı sahne yaklaştı. Herkes bir acayip. Sanki son günlerini yaşayan birine davranır gibiler bana karşı. Tatlılar, kokoreçler, meyhaneler derken, "Neco, kangalı bulduk. Türkiye'nin en büyük ikinci hayvanı..."

Sahneyi çekeceğimiz mekâna doğru gidiyoruz. Arabada ölüm sessizliği. Artık dayanamadım: "Korkmuyorum lan, korkmuyorum. Tek bir soru soracağım. Karakterin korkması lazım di mi... Ya inanırsa hayvan korktuğuma, kötü mü oynayayım güzelim sahneyi, korkmuş 'gibi' mi yapayım?"

Kangal geldi, tanıştık. Gerçekten çok büyüktü. Ben 1.80'im, ayağa kalkınca beni geçiyordu, inanmayan filme baksın. Yalnız, ilaç mı vermişler, çok mu dayak yiyor sahibinden bilmem, mıy mıy bir şey. İtiyorlar, kakıyorlar gıkı çıkmıyor.

Neyse, sahneyi çektik. Ben biraz da "gelişine" ağladım. Kangal da benimle ağladı. Kafamı göğsüne dayadım, kafasıyla sevdi beni. Şahane oldu her şey. Sabaha karşı, bir koyun sürüsü belirdi biraz ilerden, o uysal kangal, tam bir canavara dönüştü.

Filmle biraz gezdik, en çok o sahne konuşuldu

festival toplantılarında. Genelde, nefeslerin tutulduğu bir sessizlikle seyredilen sahnede...

Herhalde gösterime girdiği bütün dünya sinemalarında, bir tek kişi güldü o an. Eski sevgililerimden biri...

“‘Uyuyamayanlar’ örgütü kuralım, uyuyabilenlere inat...”

BARDA

Oyunculuğa başladığımdan beri Serdar Akar hayranıydım. *Gemide* filmini izledikten sonra yolum bir şekilde "Yeni Sinemacılar"la kesişti. Bir film hakkında birkaç kişiyle görüştüğüm ofiste Serdar'la karşılaştık. Durdurdum, "Abi büyük hayranınım," filan diyorum. Çünkü *Gemide* filmini biz Taksim Meydanı'nda kutlamışız. Birçok arkadaşım çalışıyordu o filmde, hep birlikte Taksim Meydanı'nda eğlence yapmıştık. Türk sinemasında *Gemide* filminin ödül alması çok büyük devrimdi. Antalya Film Festivali'ne çıkarma yapmıştı resmen *Gemide* filmi. Sinema dünyamızda ilk defa gerçek bir şey oluyor.

Bir gün menajerim Ayşe aradı. "Serdar Akar'ın bir projesi varmış. Sen girmek ister misin?" diye sordu. Ben "Serdar'la işe girmeyi bırak cehenneme giderim," diye cevap verdim. Ama o zamanlar Yeni Sinemacılar dağılmış durumdaydı. Serdar'la daha önce çalışan arkadaşlarım beni arayıp, "Dikkat et Serdar'la işe girme o sağa kaydı," diye uyarıyorlar. *Kurtlar Vadisi* dizisini yönettiği için çok büyük tepkiler aldı. Ama ben Serdar'ı tanıyorum, yalnızca sarhoş olduğunda sağa kayabilir. Yoksa yolunda dümdüz yürüyen biridir. Bu tartışmalardan kaynaklı biraz gergin başladı birlikte çalışmalarımız.

Devamlı çalıştığı ekiple Yeni Sinemacılar'dan ayrıldıktan *Barda* filminin çekim hazırlıkları başladı. Okuma provasına gittik, senaryodan çok etkilendim. Bir de bu olayın gerçek olduğunu bilince daha çarpıcı oluyor. Senaryoyla ilgili tek şey sordum: "Serdar, bu herifin hiç sevimli bir ânı olmayacak, değil mi?" Serdar, "Sebepsiz bir kötü bu adam," diye cevap verdi. Gerçekten hiçbir sebebi ve sınırı yok kötülüğünün. Ben filme hazırlanmak için Truman Capote'nin *Soğukkanlılıkla* kitabını okudum. O kitapta "nedensiz kötülük" çok güzel irdelenmiştir. Kitabı okuduktan sonra rolümü çok daha iyi anlamıştım.

Önce dış çekimler başladı, mahkeme sahneleri, ev çekimleri yapıldı. Sonra da stüdyo çekimlerine başladık. Önce dış çekimlerin tamamlanıp bar sahnelerinin sona bırakılması çok iyi bir tercih oldu. Bütün filmi 13 günde çektik. Bu, çok büyük başarıdır. Zaten film uzasaydı olmazdı. Çünkü kesin biri delirirdi. Yakın çekimleri yapan görüntü yönetmeninin sahnelerden midesi bulanıp kustuğu oldu. Çekim yaparken durdurup, "Aşağılık herifler!" diye bağırırdı.

Filmdeki psikoloji bize de bulaştı tabii ki... Setten çıkıyoruz, "iyiler" bir tarafta "kötüler" başka tarafta oturuyor. Kötüler olarak kendi aramızda çok iyi anlaşmıştık. Birbirimizle hızla kaynaştık. Set ikiye ayrıldı bu yüzden... Kötülere alkol serbest, iyiler daha kontrollü içiyor.

Filmin büyük kısmı platoda çekildi. Beykoz Kundura Fabrikası'nda çekimler oluyor. Sürekli Beykoz'dan İstanbul'a gidip gelmemek için, bir tekne kiralayalım dedik. Yeniköy-Beykoz teknelerinin biriyle anlaştık. Tekne, seferlerini bitirdikten sonra Beykoz kunduranın önüne bağla tekneyi, biz teknede kalalım dedik. Bütün kötüler; Hakan, Erdal, Serdar, Volga ve ben teknede yaşamaya başladık. Hakan, plato içerisindeki dekorlardan bir koltuk getirip tekneye koydu. Evin babası gibi davranıyordu. Birkaç gün bu şekilde teknede yaşadık. Sonra çok şikâyet olduğundan dolayı tekneden ayrılmak zorunda kaldık.

Bir sabah tekneden sete doğru yürüyoruz, benim elimde bira şişesi var. Yolda başka bir set ekibini gördük. Hepsi benim arkadaşım, daha önceki işlerde birlikte çalıştığımız çocuklar. Ekipten biri sessizce, "Abi bizim sette Jan Claude Van Damme var," dedi. Elimde birayla setin içine daldım. Ekibin hepsini tanıdığım için herkese sarılıyorum, adam da köşeden şaşkın şaşkın beni izliyor. Başımla selam verdim, kolay gelsin gibisinden. O da aynı selamı verdi. Elimdeki şişeyi göstererek, "İçer misin?" dedim. Nazikçe reddetti. Kolay gelsin deyip ayrıldım setlerinden. Adamın otobüsünü gördüm dışarıda. Kocaman, simsiyah dev gibi bir otobüs. Ev gibi... Yatağından plazmasına kadar her şeyi özel... Adama otobüsten ev yapmışlar, biz hâlâ yolcu teknesinde kalıyoruz!

O kadar keyifli bir setti ki her akşam mangal yapardık. Feramuz diye bir ışıkçımız vardı, mangal başıydı. Set bitiyor mangal yapılıyor ve Dünya Kupası maçları açılıyordu. Biz Fransa'yı tutuyoruz çünkü oyuncularının hepsi Afrikalı siyahlar. O yıl Fransa, ezilenlerin takımı gibiydi. Sanırım koca takımda iki tane beyaz oyuncu vardı. Her gün maç seyrediyoruz. Eğer bizim setimiz uzadıysa televizyonun sesi kısılıyor, dışarıda olanlar yine maç seyretmeye devam ediyordu.

Makyözümüz Linda dünyaca ünlüydü. *Harry Potter*'ın makyajını bitirip bize gelmişti. Serdar'la daha önce *Kurtlar Vadisi* dizisinde çalışmışlar. Çok sevmiş Serdar'ı. "Sen film çekersen mutlaka gelip makyajını ben yapacağım," demiş. *Barda* filmi için de atlayıp gelmiş. O kadar iyi makyajlar yaptı ki settekiler bile çok şaşırıyordu. Filmdeki kanlı sahneleri, kollarımızdaki façaların hepsini o yaptı.

Filmin bittiği gün setin olduğu sahada bir de turnuva yaptık. Işıkçılar-oyuncular-reji-prodüksiyon takımları oluşturuldu. İlk oyuncular elendi. Bir süre sonra Beykoz'un üst mahallelerinden Kundura Fabrikası'nın üzerine taşlar yağmaya başladı. O kadar gürültü yapıyormuşuz ki artık mahalleli dayanamamış.

Filmin senaryosu yaşanmış bir olayın üzerine yazıldığı için çok gerçekçiydi. Ama gerçeği çok daha sertmiş. Hatta o olayı yaşayan başkahraman dava açtı bize ama senaryo gazete haberinden yazıldığı için kazanamadı. Aynı çocuk sonra Hrant Dink suikastinin de görgü tanığıyım diye ortaya çıkmıştı. Sanırım şizofren olmuş.

Barda'nın İstanbul Film Festivali'ndeki gösteriminden sonra izleyicilerden biri ayağa kalkıp, "Neden böyle şiddet yüklü roller oynuyorsunuz? Kötü insan yaratmada bir payınız var mı sizce?" diye sordu. "O zaman bütün filmleri mutfakta çekmemiz gerekir," diye cevap vermiştim.

Benim bildiğim tek etik var filmlerde... Mesela kalp masajı sahnesi çekilmez. Yani yanlış anlayan biri ölüme neden olabilir. Bu gibi gerçek veya kurgu şiddet filmlerinin de çekilmesi gerekir.

BEHZAT Ç.

BİR ANKARA TESADÜFÜ

Evinde kaldığım bir ara Fikret Kuşkan, bana, Akif Kurtuluş'un kardeşi Murat Kurtuluş'un, "Çok güzel bir kitap bu, buna bir şey yapalım," diyerek kendisine verdiği bir kitaptan bahsetti. Fikret'in okumalarını genelde ben yaparım. Senaryolarda benim fikrimi ister, ben de yardımcı olmaya çalışırım. Kitabın ismi, *Her Temas İz Bırakır*. Kitabı alıp okumaya başladıktan bir buçuk saat sonra bitirdim.

"Çok güzel iş," dedim. Ama bana göre o kitap, film olurdu. Ankara'yı kitabı senaryo haline getirebilecek kadar detaylı bilmiyordum. Ankara'ya gidip iki-üç hafta kalmam gerektiğini söyledim. O zamanlar henüz ortada kitapla ilgili başka hiçbir proje yoktu. Ben senaryosunu yazarım, Fikret de oynar, diye düşünüyorduk. Kitap çok içime sindi, iş kafama çok yattı. O dönemde bir mazeret bulup Ankara Film Festivali'ne gittim.

Ankara'da bir otelde Emrah Serbes ve yapımcı Muharrem'le konuştuk. Emrah'a kitabı çok beğendiğimi anlatırken, "Biz BKM olarak senaryolaştırmaya başladık," dedi. Hassiktir dedim ya! Bu iş Emrah'ın kafasında kalmış. O dönemde de NTV bir tane drama kanalı açacaktı. ABD'deki HBO gibi 45-60 dakikalık diziler yayınlanacaktı. Oraya işi hazırlamaya başladılar. Ben de bu kitabın çok güzel bir film olacağını, dizi yapmamalarını söyledim. Projede kendime hiç rol biçmiyordum. Sadece senaryoyu yazarım, diye düşünmüştüm.

Dizi işi Serdar Akar'a gelmişti. Oynayıp oynamayacağımı sorunca ben de bu işin film olacağına inandığımı ve aklımda hep o şekilde kaldığını söyledim. Hem Ankara'da sürekli kalmak da istemiyordum.

Bir-iki sene sonra Star'la bir anlaşma imzalamışlar. Bu arada Serdar ve ekibi, *Elveda Rumeli*'yi çekiyordu. O dönem çalıştığım projeden biraz olaylı da olsa ayrılmıştım. Sette uykusu gelip uyuyan çocuk oyuncuyu uyandırıp sahne çektirmeyi aklım almıyordu. Bunun gibi çok fazla şey üst üste gelince ben de gerildim. O sıralarda birkaç kişi, "Sete sarhoş geldi," falan gibi laflar söyleyerek benim işimi kolaylaştırdı. Neyse ki sektördekiler yaptığım işe karşı duyduğum sadakati biliyordu. Ayrıldıktan sonra Serdar beni *Elveda Rumeli*'ye çağırdı.

Elveda Rumeli'ye gidebileceğimi ancak sürekliliği olan bir karakteri taşımak istemediğimi, diziye aralıklarla girip çıkmam mümkünse kabul edebileceğimi söyledim. "Tamam, olur," dedi. Benim rolümü yazmaya başladılar. Sonra da Serdar'dan kaynaklanmayan saçma sapan bir şey oldu. Garip garip haberler çıktı. Ben diziye katılmaktan vazgeçtim. Star'da *Behzat Ç.* gündeme gelince de Serdar aynı şeyi *Behzat*'ta yapıp yapamayacağımızı sordu. Bir karakter yazılacaktı ve ben istediğim zaman gidecektim. Emrah da aynısını söyledi. Parası da güzeldi. Ben de, tamam, dedim.

Ercüment karakteri bir geldi, mis. Karakteri okuyup görünce nasıl yapsam, diye düşünmeye başladım ve kendimi rahat bırakmaya karar verdim. Rahat bırakınca da bu sefer karaktere ne yaptırsam, diye düşünmeye başladım. Rahat olunca iş daha güzel oluyor. Dizinin senaristi Ercan daha sinematografikti. Amerikan sinemasını, Rus edebiyatını harmanlayıp bir Ercüment Çözer karakteri yarattı. Holding patronu olarak görünen ama aslında silah kaçıran bir herifi oynuyordum. Şimdi işadamı gibi görünüp mafyalık yapanlar gibi işte, biliyorsunuz.

Hayatımda bir işten bu kadar keyif aldığımı hatırlamıyorum. Bir de set ekibi olduğu gibi bizim çocuklar. Sürekli kalmamak şartıyla Ankara'ya gidip gelmekten de hoşlanmıştım. Arada bir Ankara'da kalmak iyi oluyordu. Ekipte gençler vardı, çok güzel bir ekipti. Benim oynadığım karakterin ilk bölümünde bir Ankara pavyonundayız.

Çekim başlamadan adamın biri masaya oturdu. Ben tanımıyordum, kimse de tanıştırmadı. Eski kulağı kesiklerdenmiş, aynı zamanda pavyonun gerçek patronu. Herkes birbirimize nasıl davranacağımızı merak ediyor, sessizce izliyorlar. Adam, Erdal'a dönüp, "Parlak da çocukmuş," dedi. Ben de dönüp, "Ne diyorsun lan?" dedim. "Oo atarı da var, affedersin," dedi, kalktı gitti. Öyle bir adamdı. Gerçi sonraları beni çok sevdi. Takılmaya başladık.

Serdar işinde çok hızlıdır. Hatta bu konuda bir rekorumuz bile var! Karavanda aşçıyla balık pişirme sahnesini daha önce hiç konuşmadan ve provasız çekmiştik. Tek çekimde de iş bitti. Tekrarını almadık. Normalde bir buçuk dakikalık bölümün bir buçuk saatte çekildiği bile olur.

Serdar'ın setine birisi hazırlıksız ya da geç gelemez. Çünkü dediğim gibi, o planladığı sahnenin hemen çekilip tamamlanmasını ister. Çekim bittikten sonra da hep beraber eğlenmeye giderdik. Benim de canıma minnet... Zaten sete âşık olan, setten yaşayan yönetmenleri oldum olası sevmiyordum. Özel hayatındaki ezikliğini sette atmaya çalışan yönetmenlerden nefret ederim.

Behzat'ta çıplak olup olmadığımızın çok sorulduğu bir sevişme sahnesi vardı. O sahnede kadın oyuncuyla beraber ten rengi elbiseler giydik. Bende bir de çorap vardı. Tabii o renkte elbiseyi *blur*'layınca da çıplak gibi görünüyor. Bana çıplak olup olmadığımı sorduklarında da, "Hayır, çorap vardı," dedim. *Behzat Ç.* çok özgür bir iş oldu.

Benim en sevdiğim şey her seferinde saçımı başka şekle sokabilmemdi. Ercüment rolünde tipten tipe girdim. Her seferinde de aklıma bir şey geliyordu. Serdar'a soruyordum, uygunsa da yapıyorduk. Öyle olunca millet de coştu. Ercan Mehmet Erdem o zamanlar daha Gümüşlük'e gelmemiş, henüz benim komşum olmamıştı. Beni arayıp hangi hafta gelebileceğimi soruyordu, ona göre de Ercüment'i yazıyordu. Ben Ankara'ya her gittiğimde kar yağdı. Ekip benim olduğum bölümlerde çok seviniyordu, çünkü Erdal dahil diğer arkadaşların çekimlerdeki iş yükü azalıyordu. Yalnız şu her gittiğimde kar yağma muhabbetine kızıyorlardı.

Dizi ilk yazılırken Ercüment alkol almayan bir karakter olarak kurulmuştu. Kötü karakterin viski içmesi Türkiye'de bir klişe halini aldığı için Ercüment'i hiç alkol almayan bir şekilde yazmışlardı. "Ben içersem kötünün içki içmesi gibi olmaz, kabul ettiririm ben onu," dedim. Kabul ettirdim de karakteri zaten. Hem Ercüment'in yaptıkları, düz dünya kafasıyla, oksijenlerle, salatayla yapılacak şeyler değildi zaten.

Behzat hakkaniyetli, aidiyet duygusu olan bir polisti. Savcıya dönüp, "Bu ülkede adalet olduğunu düşünüyor musun?" diyebilen bir polisti Behzat. Adaletin olmadığını bilen polisten bahsediyorum. Benim için de çok güzel bir hikâyeydi *Behzat*.

Eğer daha en başında film olsaydı, açılış sahnesi bile belliydi kafamda. Çok akan bir hikâyeydi. Emrah'ın kitaplarında zaten bu akıcılık vardır. Sanırım sinemayı düşünüp de yazıyor ya da yazdıkları sinemaya çok rahat uyarlanabiliyor.

Biçimsel bir kötülük var. Bunu uygulamak çok kolay bir şey. O sebeple de kötüyü oynamak genelde çok kolaydır. Esas zor olan iyiyi oynamak... Çünkü iyinin oyuncağı yok. İyi işte. O kadar... İyi sümsüktür, seyretmezsin. Kötüyü seyretmeye hazırdır seyirci. Tarantino'nun *Reservoir Dogs*'daki kulak kesme sahnesiyle ilgili çok güzel bir ifadesi vardır: "Kulağı kestiğin zaman standart bir izleyici 'vauv' yapar. Ama kestiğin kulakla konuşmaya başladığın zaman, daha önce kulak kesmiş birisi bunun nereden aklına geldiğini düşünür."

Bence kötüye bu hassasiyetle yaklaşmak lazım. Ben de hep Ercüment karakterine bir şey katmam lazım gerektiğini düşündüm. Kötüyü de şaşırtmak ve etkilemek istiyordum. Kötünün "bizden biri" değil de, "vay lan" demesi lazım.

Behzat'taki ekibin tamamıyla çok hızlı kaynaştık. En eskiden tanıdığım da Akbaba rolündeki Berkan'dı. Berkan'ı daha tonmaister'lik yaptığı dönemden tanıyordum.

Bir keresinde Serdar, İnanç ve ben bütün gece oturduk. Sabah saat 05.30 gibi yattık, 07.00'de de sette olmamız gerekiyordu. Sabah bir ses duydum. Serdar Abi, ayakkabılarını eline alıp sessizce çıktı. "Gelin" de demedi çünkü o gün kendini bizi azarlamaya kodlamış. Geç kalacağımızı düşünüyordu. Ben de hemen İnanç'ı uyandırdım. Hızlıca hazırlanıp bir taksi çağırdık, sete gittik. Karavanda üzerimizi değiştirip ses etmeden bekledik. Serdar Abi geldiği gibi, "Bunlar nerede kardeşim, nerede kaldılar?" diye bağırmaya başladı. Biz de, "Abi buradayız!" diye bağırınca hayalleri yıkıldı tabii.

İstanbul'dan oyuncu geldiğinde çok şaşırıyorlardı. Çünkü herkes provayla çalışmaya alışmıştı. Biz prova almıyorduk. Provayı sette alıyorduk. Genelde de ilk ya da ikinci seferinde oluyordu. Serdar, Emrah ve Ercan çok iyi bir bileşimdi. Setteki herkesin kimyası çok iyi tutmuştu. İş o yüzden o kadar çok tuttu. Kimsenin yapamayacağı şeyler vardı. Ercan tek mekânda geçen bölüm yazmıştı. Mükemmel bir bölüm oldu.

Zaten bir işte başarılı olmak istiyorsan cesur olman lazım. Bizim işlerde en büyük eksik bu. Formüller çok belli. Shakespeare'in yüzyıllar evvel kurduğu formüller hâlâ tutuyor. *Behzat* Ç. yeni bir formüldü.

Sonra muadilleri çıktı. Çok güzel bir işti, ben çok mutluydum. *Behzat* Ç.ye dair hiçbir kötü anım yok.

Bu arada babamın dizilerle ilgili çok iyi bir lafı var. Hayatımda duyduğum en güzel tespit: "Dizileri, insanlar hayatlarına alıyor ancak dizilerde kötü karakter hiç ölmüyor. İyi karakterler sürekli ölüyor ama dizi bitse bile kötü karakter hâlâ yaşıyor. Filmde ölüyor ama dizide ölmüyor. Millet de kötüler ölmüyor diye düşünüyor." Sektörün yozlaştırması nedeniyle böyle bir yaklaşımda bulunmuştu babam. Çok haklıydı.

Babam ve annem bütün işlerimi seyreder, sonra da beni ararlar. Benim ev müze gibi... Eyüp'teki evi ben daha ölmeden müzeye çevirdi babam. Bütün ödüllerimi anneme verdim zaten. Hep öyle olması gerektiğine inandım. Benim en büyük hayranım babam.

Behzat devam etseydi ben de devam ederdim. Bir süre sonra çok başrol teklifi gelmeye başladı. *Behzat* resmen benim fiyatımı yükseltti! Böyle olunca da "Buradan yürüsek mi acaba?" diye düşünmeye başladım. Bir de *Behzat* Ç.nin sonlarına doğru başka bir işte çalışmaya başlamıştım. Bu yüzden Ercüment karakterinin saçını falan değiştiremez olunca canım sıkılmıştı.

Behzat zamanı kendimi çok iyi hissediyordum. Hep iyi şeyler yaşamış gibi geliyor. Memduh Başkan'la olan bölümler çok tatlıydı, gülmekten yerlere yatıyorduk. Zaten iş de o zaman daha iyi olmaz mı? Seyirci de her şeyi hissediyor zaten. Seyirciyle oyuncu arasında tül perde var televizyonda. Her şey anlaşılır. O hafta hasta olmuşsan bile seyirci bunda bir şey var der. Televizyon böyle bir şey.

KAYBEDENLER KULÜBÜ

Menajerim Ayşe, Tolga Örnek'in bir filmin hazırlıklarına başladığından bahsetti. Ben de öylesine ne olduğunu sordum. "*Kaybedenler Kulübü*," dedi. Hop, bir dakika. "Nasıl ya?" dedim, "Ben bir *Kaybedenler Kulübü* biliyorum, o mu acaba?" 90'larda geçen gerçek bir hikâye olduğunu söyledi. "Hemen görüşelim, hemen," dedim. Biz Doktor ve Sinan'la birlikte 1990'lardaki kış günlerinde gerçekten tencerede kaynayan suyun dumanıyla ısınıp *Kaybedenler Kulübü* dinlerdik.

Filmde gösterilen programı dinleyenlerdendik biz de. Garip, kendi içinde bir hikâyesi olan, birazdan intihar etme ihtimali bulunan insanlardık. *Kaybedenler Kulübü* bizi buluştururdu. Ertesi gün Tezgah'a gittiğimizde de herkes programdan bahsederdi. Ben de Tolga'nın şirketine koşarak gittim.

Tolga önce ciddi ciddi konuşmaya başladı. Beni çok tanımadığı için biraz da çekinerek konuşuyordu. Tolga beş dakika boyunca anlattıktan sonra boşuna nefes tüketmemesini söyleyip, "Benim oynamamı istiyor musun?" dedim. "Evet," dedi. "Bana hiçbir şey anlatma o zaman Tolga, tamam bu iş," dedim.

Kaan ve Mete'yle daha önce hiç tanışmamıştım. Mehmet Ada ve Şenol girdi hayatımıza. Bana role çalışmam için eski kayıtları veriyorlardı. O kayıtların neredeyse hepsini daha önce dinlemiştim ve aklımdaydı. Ben de, "Bana bunları vermeyin, ben biraz heriflerle takılayım," dedim. O da çalışmak için değil bu arada, hakikaten takılmak için.

Mete'yle çok iyi anlaştım. Neden böyle olduğunu düşünüyorum? Belki de filmde Kaan'ı benim oynayacak olmamdı, bilemiyorum. Ben kendi kafamda bir Kaan oluşturmuştum, Kaan gibi olmaya da çalışmadım. Hem Kaan'ın çocuğu da olmuştu. Bu sebeple Kaan'la çok takılamadık ama Mete ve Şenol'la daha fazla ve güzel vakit geçirebildim. Zaten Kaan ve Mete'yle eskiden beri arkadaş olmak istiyordum.

Daha önce de hayran olduğum birçok insanla çalışma fırsatı bulmuştum. Serdar Akar'la birlikte çalışma şansı yakaladım. Bu "hayranlığın" *Gemide* filminden sonra başladığından bahsetmiştim. O filmde oynayan Erkan Can'ın da hayranlarından biriydim, sonra kan kardeşi gibi oldum. Hayran olduğun bir insanla tanışıp yanılmamış olmak müthiş bir duygu. Ama tabii çok büyük çınarlar da devrildi bende. Mezarlığım dolu.

Kaybedenler Kulübü'nü çekmeye Plato'da başladık. Setin büyük kısmını radyolar ve yayınevi aldı. İşin ana hattını orada çekip bitirdik. Sette çalışan çok arkadaşım vardı. Mesela filmi çeken Burak Kambir benim çok sevdiğim biridir. O da *Kaybedenler Kulübü*'nün eski hayranlarından biriydi. Aynı heyecan ve istekle yapıyorduk işi. Herkes birbirini yormadan, birbirine zarar vermeden çalışmaya çok dikkat ediyordu. Bu hassasiyet olunca işler daha hızlı ilerliyor.

Ev sahneleri de stüdyoda çekilmişti. Ben stüdyo işlerini hariciden daha çok seviyorum çünkü fabrikadasın. Stüdyoya saatlik kira verildiği için kimsenin "lay lay lom" yapmaya zaman olmuyor. Herkes işini bir an önce yapıp halletmenin peşinde... Bir de stüdyo sadece işin olduğu bir yer. Trafik, kafe vs. derdin olmuyor. *Barda* filmi için de aynı şey geçerli. Orada da o deneyimi yaşamıştım.

Dışarı sahnelerin çekimine başlayınca Kadıköy hikâyesi de başladı. Mekânlar, Kadıköy'de olduğu için sürekli oradaydık. Ben de Kadıköy'den çıkmamaya başladım. Sürekli birilerinin evinde kalıyordum. İyi de anlaşıyorduk. Bir de Kadıköy'de onlara karşı belli bir saygı vardı. Tabii gıcık olan da büyük bir tayfa var. Onların arasında dolaşmak çok ilginçti, güzeldi.

Çok sarhoş olmuştum, çok mutluydum. Ben motora binemediğim için bütün motor sahneleri dublörle halledildi. Motor ya da arabaya hiçbir zaman heves etmedim zaten. Mete'yi de Yiğit oynuyordu. Yiğit çok sevdiğim bir adamdır. Çok iyi anlaştık onunla. Çok iyi niyetlidir. İş yaparken ne istiyorsan onu verir. Ben öyle değilim. Daha itirazcı ve önerici şekilde çalışırım.

Kaybedenler Kulübü'ndeki tüm tiratlar ve programlar kayıtlara sadık kalınarak yapıldı. Çekimi yapılan ama filme konmayan çok güzel sahneler de vardı. Mesela canları sıkılıp birbirlerine penaltı attıkları bir sahne vardı. Onu koymadılar. Ben koymalarını istemiştim ama olmadı.

Film çekilirken Tolga'nın babası Silivri'de bir numaralı sanık olarak yargılanıyordu. Karısı da hamileydi. Adam, doğumda bile karısının yanında duramadı. Bu arada hastanede beni ilk ziyaret eden kişilerden biri Tolga'nın babası Özden Örnek oldu. Tolga'da, bir asker çocuğu olmanın ne demek olduğunu çok iyi anlamıştım. O zamanlar "oxs" botlar giyiyordum. Filmde de sürekli o botlarla oynamıştım. Bir gün Tolga sete geldiğinde ayağında aynı botları gördüm. "Yeni mi aldın?" dedim, meğerse 15 yıllıkmış. Ben bir hafta önce almıştım ama Tolga'nın botları benimkinden yeniydi. Asker çocuğu olmak böyle bir şey işte.

Tolga da film sayesinde çok özgürleşti. Yiğit'in tuvalette geçen sevişme sahneleri vardı. Birbirlerini duvardan duvara vurması gerekiyordu ama duvarlar dekordu. Zor bir sahne yani. Kadın oyuncu, Yiğit'i duvara vurdukça duvarlar sallanıyordu ancak sallanmaması gerekiyor. Biz bunların vurduğu duvarı arkadan ittireceğiz diye 10 kişi birden duvarın bir o tarafına, bir diğer tarafına koşturuyorduk.

Rıza Kocaoğlu, Mehmet Ada'yı oynuyordu. Mehmet Ada sinema okulu mezunu. 90'ların başında reklamda büyük para varken Mehmet'e bir iş gelmiş, o da buradan büyük para kazanmış. Bu parayı kazanınca, "Devam edeni sikeyim," diyerek bırakmış işi. Öylece takılıyordu Kaan'ın evde. *Kaybedenler Kulübü* dönemi çok güzel zamanlardı.

Filmin galasını Kadıköy Rexx Sineması'nda yaptık. Böyle güzel bir gala olamaz. Herkesin kafası kıyaktı. Film perdede akarken hepimiz birbirimize laf atıyorduk. Epey interaktif bir gala oldu.

Kentli filmleri çok önemsiyorum. Ne de olsa tutmaz düşüncesiyle ya da gerekçesiyle çok az kentli film yapılıyor. Ya romantik komedi diye salak aşk hikâyeleri anlatılıyor, ya "beyaz" şirketde çalışan, iyi gelirli kalburüstü tiplerin hikâyeleri ya da bohem tiplerin saçma hikâyeleri anlatılıyor. *Kaybedenler Kulübü* de bohem ama nihayetinde işleri var adamların. Plak dükkânı, yayınevi, fotoğrafçılık...

Arkadaşlardan biri, kafasının çok güzel olduğu günlerden birinde beni Tezgah'a yapıştırıp, "Neco, bizim hikâyemizi anlat oğlum," demişti. Aradan çok zaman geçti. Film bittikten sonra onunla tekrar karşılaştığımda, "Başladım," dedim, "bizim hikâyemizi anlatmaya başladım."

DERİN UYKU

Silah seslerine uyandım. Neredeyim? Cibinlik, pencereler, beyaz badana, iyot kokusu. Gümüşlük Taş Ev'deyim. Peki, bu silah cayırtısı ne demek oluyor? Pencerelerden birinin camı ve yatmadan evvel boşalttığım Jack Daniel's şişesi aynı anda patlıyor. Yataktan kalkıyorum. Korunarak pencereye yaklaşıyorum. Tam üzerimde, terasta ayak sesleri, Rumca bağırtılar, şiddetli silah cayırtısı. Korkarak bakıyorum pencerenin kenarından. Gümüşlük'ün her yanından yüzlerce izli mermi, alışık olduğumuz meteor yağmurlarının abartılı haliyle jandarma karakoluna yağıyor. Karakolda patlamalar ve cılız karşılıklar görülüyor. Sürünerek, koya bakan pencereye gidiyorum. Oradan gelen ışık dikkatimi çekiyor. Perdeyi aralıyorum. Güçlü projektörler eşliğinde onlarca çıkarma gemisi ve yüzlerce asker sahilde. Durumu kavrıyorum artık. Gümüşlük, Yunan işgali altında. "İşte o an, garip bir şeyler oluyor bana. Bir robot gibi sırt çantama ilerliyorum. Elimi içine sokup Smith&Wesson'umu buluyorum. Bir silahım olduğunu bilmiyordum.

Gümüşlük'e çıktıklarına göre, bütün haberleşme

olanaklarını devre dışı bırakıp Bodrum'a ani bir baskın düzenlemek istiyorlar. Sonra da daha içerilere ilerleyecekler. Turgutreis'e ulaşmalıyım. Ama önce binadan kimseye görünmeden çıkmalıyım. Her taraf palikarya doludur şimdi. Silahımda 12 mermi var. Bilgisayar oyunu oynamıyorum. Dikkatli olmalıyım. Kapının önünde İngilizce konuşmalar duyuyorum. Biri Rum aksanıyla sorular soruyor. Cevap verenin sesi kimliğini ele veriyor. Köyün en "ecnebi" adamı, Yunan askere bilgiler veriyor. Hızla kapıyı açıyorum. Silahımı doğrultuyorum. İkisi de şaşkın bana dönüyor. Önce Yunan yüzbaşıyı vuruyorum kafasından. Adam merdivenden yuvarlanırken, "ecnebi" abi yalvarıyor. Onu bekleyen son da farklı olmuyor. Neyse ki gelen giden yok. Benim attıklarım ayırt edilmedi herhalde. Dikkatlice ve hızlıca köye doğru ilerliyorum. Natürel pansiyonun avlusunda Nihat ve Zühtü abileri görüyorum. Tavla oynuyorlar! Hiç bir şey yokmuş gibi hararetli tavla oynuyorlar. Nihat Abi'ye çıkışıyorum.

"Abi, deli misiniz? Gümüşlük, Yunan işgali altında."

"Kamuflaj. Tebdilikıyafet keferenin hareketlerini izliyoruz. Kerizi uyandırmadan, denizi bulandırmadan geldiklerine pişman edeceğiz."

"Nasıl?"

"Karşında Gümüşlük Mukavemet Teşkilatı'nın iki mensubu duruyor."

"Böyle bir teşkilat mı var?"

"Hep vardı. Baskını bekliyorduk."

"Silah?"

"Gel."

Abartılı tezahüratlarla tavlayı Zühtü Abi'nin koltuk altına sıkıştırıyor, "Öğren de gel," diyor. Yola koyuluyoruz. Adalar Denizi'ne kadar yürüyoruz. Yolda, ajan olduğu için "ecnebi" abiyi öldürdüğümü söylüyorum. Alnımdan öpüyor. Sitenin içindeki evlerden birine geliyoruz. Şifreli "tak tak"larla kapı çalınıyor. İçeriden tanıdık davudi bir ses, "Sarı," diyor. Nihat Abi, "Lacivert," diye karşılıyor. Güvenlik mükemmel! Kalpaklı kuvvacı kostümüyle Cemil Abi açıyor kapıyı. "Gelin," diyor. Salondaki kitaplığın ardındaki geçitte bize rehberlik ediyor. Adalar Denizi sitesinin altını neredeyse tamamen kaplayan geniş bir alana çıkıyoruz. Sol tarafta irili ufaklı silahların ve mühimmatın bulunduğu cephanelik, sağda Gümüşlük'ün her yaştan kopillerinin eğitildiği derslik, tam karşıda atış talim poligonu, ortada ise büyük bir toplantı masası var. Herkes burada ve bir meşguliyet içerisinde. Vildangiller ve onların yanına tatile gelen Alkım'la karşılaşıyoruz. Silah temizliyorlar. Handan kinayeli, "Geç kaldın," diyor, "Süha Abi bile geldi." Gösterdiği yere bakıyorum. Süha Abi –her zamanki gibi– göbeğine küfrederek üniformasına sığmaya çalışıyor. "Memo nerede?" diye soruyorum annesine. "Lokantacıyla pansiyoncu ajan çıktı, onları sorguluyor." Herif sekiz yaşında, bir direniş teşkilatının sorgucusu olmuş. Uzaklara bakmasından, akranlarıyla pek takılmamasından belliydi bir gariplik olduğu. "Dikkaaat!" komutuyla herkes susuyor ve hazır ola geçiyor. "Komutan geliyor," diyor Vildan. Geçide doğru bakıyoruz. O da ne? İçeri gire gire, efe kostümüyle kızanları eşliğinde Berdan Mardini giriyor.

"Bu mu komutan?"

“Halil Efe, Bodrum ve çevresinin direniş lideri.”

“Ulan manyak mısınız? Bu herif türkücü be!”

Sesim epey yükselmiş herhalde. Etraftan 10-12 kişi dönüp boka bakar gibi bakıyorlar bana. Alkım kolumu çekiştiriyor.

“N’apıyorsun oğlum? Herif efelerin en psikopatı. Herkes deli gibi tapıyor adama. Kim vurduya gidersin vallahi.”

“Hepiniz delirdiniz mi be! Bu herif türkücü. ‘Çökertme’ türküsünün dizisinde Halil Efe’yi oynadı o kadar. Üstelik çok da kötü oynadı.”

Bu sefer Halil Efe kılığındaki Berdan Mardini de duydu söylediklerimi. Bir baş işaretiyle yanındakileri bana yönlendiriyor. Sadece onlar değil, karargâhtaki herkes ağır ağır üzerime yürüyor. Alkım korkuyla yanımdan uzaklaşıyor. *Yaşayan Ölülerin Gecesi* filmindeki zombiler gibi üzerime geliyorlar. Avazım çıkıtığı kadar bağırıyorum.

“Gelmeyin ulan, yakarım!”

“Hainlere acımayın!”

“Delirmişsiniz be, delirmişsiniz!”

Silahımı doğrultup üç-beş tane atıyorum. Birileri devriliyor. Hepsine yetecek mermim yok. Birazdan linç edecekler. İyice yaklaştılar. Uyandım. Neredeyim? Cibinlik, pencereler, beyaz badana, iyot kokusu. Gümüşlük Taş Ev’deyim. Pansiyonun bahçesinden şahane bir Rumca şarkı doluyor odaya.

"Şimdiye kadar
takip ettiğim
yol tabelalarını
görmüyorum.
Beni, güzel bir yere
çıkaracağından
emin olduğum
hislerimden başka
rehberim yok."